LES CINQ AMAZONES

L'auteur a bénéficié pour ce livre d'une
bourse d'écriture du CNL.

isbn 978-2-36012-155-7
Couverture : Anna Wanda Gogusey
lavillebrule.com

Thibault Bérard

LES CINQ AMAZONES

Roman

la ville brûle

À toutes les Amazones qui m'ont inspiré les héroïnes de ce roman :

Brune, Alex, Niquelle, Adeline, Sabrina, Laure, Élo, †Barbara, mes sœurs Caro et Anne-So, mes belles-sœurs Camille et Caro, Anne-Laure, Magali , Marion, Léa, Pauline, Sarah, Hélène, Fanny, Armelle, Marie, MB, Suzanne, Mathilde, Mélanie, Caroline, Anaïs, Julia, Claudine, Cécile, Marine, Kam Kallache, Fanny Caillou, Clémentine, Faïza, Claire, Émilie, †Axl, Elsa, Dana, Lize, Marianne…

Avec un remerciement particulier à Kinga et Sylvie pour leur lecture.

« Les monstres ça n'existe pas. C'est notre société. C'est nous, nos amis, nos pères. »
Adèle Haenel.

« Scarlett, gardez toujours quelque chose que vous redoutez… Exactement comme vous gardez quelque chose que vous aimez. »
Margaret Mitchell, *Autant en emporte le vent*.

« Moi, je stalke comme si je me scarifiais. »
Judith Duportail, podcast *Qui est Miss Paddle ?* Épisode 2.

Acte 1

Acte 2

Acte 1

[Un homme]

Il n'arrête pas de répéter qu'il aime les femmes, et qu'il n'a rien contre elles.

– C'est elles qui m'aiment pas, il dit.

Il a une petite voix flûtée, agaçante.

– Enfin, non, c'est pas qu'elles m'aiment pas, c'est pas exactement ça.

Il lève une main dont le poignet n'est pas plus épais qu'un os de sèche. Il la laisse flotter un moment.

– C'est qu'elles *nous* aiment pas. Elles nous aiment *plus*. Il est là, le problème. T'es pas d'accord ?

Il ouvre sa main, dépliant des doigts interminables, l'agite devant lui comme pour chasser une mouche.

– Pff, évidemment que t'es pas d'accord. Si j'avais dit ça devant tes copines – par exemple, je ne sais pas, au Cosmo, puisque vous y passez votre vie –, tu m'aurais cloué au pilori. *Vous* m'auriez cloué au pilori.

Il me regarde. Je ne peux pas voir son visage, à cause de ce stupide masque de Schwarzenegger, et de toute façon il fait beaucoup trop noir dans cette pièce. C'est un salon, je crois. Le salon d'un appartement crasseux, d'après l'odeur, et qui semble encombré de meubles et de cartons. Je ne discerne pas grand-chose, seulement des formes, des masses sombres – mais ses yeux à lui, je les vois clairement luire à travers les orifices du latex. Ses yeux grelottent.

– Tu m'écoutes ?

Je hoche la tête en essayant de capter son regard. *Réfléchis.* Il y a forcément un moyen de le ramener à...

– Écoute-moi ! il hurle.

Il me gifle, sèchement.

Je m'arrête de respirer ; j'ai eu si peur que je n'ai pas eu le temps d'avoir mal.

Et puis je rouvre les yeux.

Mes lunettes ont bougé, mais elles ne sont pas tombées. Une chance.

Il me fixe toujours du regard, avec fureur. J'entends le latex de son masque couiner ; on dirait qu'il est en train de grommeler, ou bien de se mordre les lèvres, je ne sais pas.

Maintenant, la douleur arrive. Cuisante. Elle irradie dans toute ma joue droite, je sens mon cœur battre au fond de ma gorge. Ça brûle et je voudrais crier, mais le bâillon est trop serré. Parce qu'il m'a bâillonnée, cet enfoiré. Une puissante nausée monte, les larmes menacent. Je me dis que je ne dois pas lui faire ce plaisir...

Mais je ne tiens pas longtemps. Mes yeux s'embuent, les larmes enflent sous mes paupières. Quand enfin elles coulent sur mes joues, elles apaisent la douleur.

– Excuse-moi d'avoir fait ça, il marmonne.

Il me caresse la tête comme à un chien ou à une fillette, deux frottements rapides pour dire qu'on ne va pas en faire une histoire. C'est seulement à ce moment-là que je remarque sa petite taille ; assise sur ma chaise, je lui arrive quasiment à l'épaule. Oui, je suis ligotée à une chaise, aussi.

– Ça m'a échappé, il ajoute.

Son autre main sort de l'ombre et vient se frotter contre la première. Il les noue ensemble d'une façon vaguement dégoûtante.

– Tu comprends, c'est quand tu fais exprès de m'ignorer. Ça me fait perdre mes nerfs. Tu comprends ?

Je déteste qu'il me pose des questions comme si je pouvais lui répondre. Je déteste sa voix, je déteste ses mains, je déteste son masque débile de Schwarzenegger, et je déteste aussi l'odeur de lait caillé dégueulasse qu'il dégage – je la distingue très nettement de celle qui flotte dans l'appartement, mélange de vieilles ordures, de vaisselle sale et linge humide.

Espèce de connard, je lui crie dans ma tête. *Espèce de cinglé.*

Est-ce que je vais mourir ici ? Est-ce qu'il va me tuer, ici, m'éventrer avec son couteau ?

Sans le couteau, je me serais défendue. J'aurais essayé de m'enfuir.

Tu crois ça ?

Pas sûr. Je voudrais m'en convaincre mais au fond, je n'en sais rien. Je n'arrive pas à penser ; même respirer est difficile, à cause du bâillon.

Putain, mon pantalon est trempé… Je me suis pissé dessus quand il m'a giflée.

Ou alors, c'est tout à l'heure, quand il m'a attaquée ?

Il m'a prise par le coude. Un geste violent qui m'a tout de suite crispée, la sensation d'être agrippée par une serre d'oiseau. Je me suis retournée, prête à gifler, et c'est là que j'ai vu le masque de Schwarzenegger.

Avec son autre main, il a brandi le couteau, très haut, tout près de mon œil. Je me rappelle m'être dit : « Il est pas bien, ce mec ? », quelque chose de ce genre, une pensée vraiment molle, déconnectée – parce que ma conviction profonde, c'était que quelqu'un allait forcément nous voir et intervenir. On ne peut pas se balader dans la rue avec un putain de masque de Schwarzenegger et agiter un couteau sous l'œil d'une fille sans que personne ne réagisse !

Mais il n'y avait pas un chat, seulement lui et moi. Il a surgi de derrière une poubelle juste au moment où je sortais du bar pour rejoindre l'avenue.

– Toi, tu viens avec moi, il a dit.

Et il a resserré sa prise sur mon bras pour me tirer en arrière.

Comme dans un cauchemar, j'ai vu les lumières de l'avenue s'éloigner, la lame du couteau tremblait devant mon œil. Il m'a traînée sur quelques mètres, et puis il a ouvert une porte d'un coup de hanche, je crois qu'il s'est fait mal parce qu'il a couiné, et on s'est retrouvés dans une pièce obscure.

La pièce.

Pendant tout ce temps, je n'ai pas crié, je ne me suis même pas débattue. J'étais pétrifiée. Tout ce que j'arrivais à faire, c'était répéter « Me fais pas de mal, me fais pas de mal », en boucle, comme une conne ; mais en fait je ne pigeais rien à ce qui se passait, je ne voyais que le couteau qui tremblait sous mon œil.

Quand j'ai entendu le rire de Cass jaillir de la rue – elle sortait du bar, les autres devaient la suivre –, j'ai enfin eu l'idée d'appeler à l'aide. Dans un flash, j'ai vu ma bouche s'ouvrir pour crier, puis mes amies voler à mon secours, courir en gueulant jusqu'à nous, jusqu'à la pièce obscure, et puis rameuter du monde, faire revenir les lumières. Me sortir de là.

Mais déjà, la porte se refermait. Noir complet.

Il m'a plaquée au mur, et il a dit :

– Si tu cries, je t'égorge.

J'ai senti la lame du couteau riper contre ma mâchoire tandis qu'il me bâillonnait avec son autre main. Il ne tremblait plus.

J'ai fermé les yeux et, pour ne pas tomber dans les vapes, j'ai pensé à Cass. Je l'ai revue comme en plein jour, alors qu'elle nous rejoignait dans le bar, au tout début de la soirée – une éternité.

- 1 -
Miss Hulk est dans un mauvais jour

Cass déboule, vénère au point que les murs tremblent. Hyperbolique.

Parce que c'est exactement ce qu'est Cass : une hyperbole ambulante. Cass a des épaules d'athlète et des cuisses comme des missiles. Elle fait de la boxe tous les jours depuis qu'elle est gamine, ça a évidemment produit des résultats ; mais au-delà même de ce physique extraordinaire, le moindre de ses gestes rappelle qu'elle est une nature à part, une meuf détonante.

Cass ne parle pas, elle gueule.

Cass ne rit pas, elle explose.

J'adore Cassandra. Aucun cœur tendre de poulet ne palpite sous sa carapace de soldate, et c'est tant mieux, parce que ça signifie que Cass ne cache rien. Difficile à dire, ça, « Cass ne cache rien », mais c'est bien le cas : ni failles ni fêlures. Et jamais de mensonge.

À la voir foncer vers notre table en martelant le plancher du Cosmo sous ses bottes noires, on pourrait croire qu'elle va nous réduire en bouillie. D'ailleurs, c'est ce qu'ont l'air de penser les clients du bar, y compris le moustachu qui, après avoir flashé sur sa chevelure dorée et sa peau caramel, s'est retranché tel un lièvre derrière l'antique flipper.

Mais nous qui la connaissons par cœur savons bien que la fureur dont Cass vibre ce soir – et dont elle ne va pas tarder à nous donner la raison, encore toute une aventure – n'est que d'ordre transitoire. Le genre d'histoire qui se dilue au bout de quelques pintes, dans le désordre de nous cinq.

Nous, c'est-à-dire Cass, Li, Fleur, Lotte et moi.

Moi, Sophia Sésame, alias « Seize », du fait de ma légendaire descente de bières – qui m'a valu pas mal d'embrouilles et une certaine réputation dans les bars de la ville. Profession : journaliste – enfin, pigiste – depuis déjà cinq ans pour un grand site d'information – ou de divertissement, la frontière est floue. Hé, qui sait si ma patronne, Bavette Sanglante, ne va pas finir par me confier ma propre rubrique, dans dix ou douze ans ?

En attendant, je patiente…

Fleur adore rappeler que mon surnom vient aussi de mes excellentes notes au lycée – on se connaît toutes depuis la sixième, quinze ans déjà, et plus pour certaines. Si elle le dit, c'est que ça doit être vrai : Fleur se souvient du moindre détail de nos adolescences communes et respectives, alors qu'on s'efforce toutes de les reléguer au fond de nos limbes personnelles.

Lorsque Cass n'est plus qu'à quelques pas de nous, Li se tourne vers José, le patron et unique serveur du Cosmo :

– Zé, tu nous apportes une bière ? Miss Hulk est dans un mauvais jour. Et une autre pour Seize qui est à marée basse !

Dans l'élan, elle m'envoie un sourire coupant comme une feuille de papier A4, son œil vert de chat brillant sous sa frange en voile de bateau. Bateau pirate, je précise.

– Putain ! souffle Cass en s'écroulant sur sa chaise.

D'un geste si brutal qu'il en acquiert une forme de grâce bizarre, elle siphonne puis fait claquer la pinte que José a déposée sur notre table avant de regagner son immense comptoir métallique.

Mon regard croise celui de Lotte. Lotte dont le visage ne laisse paraître aucune émotion, mais qui nous scrute toutes et chacune de ses yeux bleu pâle de déesse. Oui, Lotte est absolument superbe. Pas dans le style « bazooka » de Cass ; elle serait plutôt pure naïade, nymphe éthérée, mannequin suédois.

J'adore Lotte autant que Cass, Fleur et Li, on est comme les cinq doigts de la main, mais disons que s'il fallait filer cette métaphore manuelle, Lotte serait plutôt l'annulaire : le doigt qui ne sert même pas à se gratter l'oreille.

– Qu'est-ce qui t'arrive ? demande Li.

On se serre autour de nos bières, en savourant l'instant à venir, par anticipation. Les histoires de Cass, c'est un peu comme le cassoulet préparé par ta mère... Tu sais ? Celui que tu regardes mijoter dans sa cocotte en fonte et dont tu flaires l'odeur grasse, enivrante, tandis qu'elle le touille interminablement avec sa cuiller en bois... au point que, quand *enfin* vient le moment tant attendu d'y goûter, tu te dis que tu n'as peut-être plus si faim que ça... et pourtant tu fais l'effort, parce que c'est le cassoulet de ta mère, et bien sûr c'est bon à pleurer, et donc tu refais l'effort, une fois, et deux, et trois, et voilà que sans même t'en rendre compte, tu as liquidé ton assiette.

Et la sienne.

Et le plat, dont tu es en train de lécher les bords.

Et le soir, tu entends ton père dire à ta mère d'arrêter de te gaver comme ça, une bonne fois pour toutes, parce que tu vas vraiment devenir énorme, déjà qu'on ne peut pas dire que tu aies une taille de guêpe, pourquoi tu ne peux pas te contenter d'une salade, bon Dieu ? Les filles, normalement, ça aime les salades !

Hum. Cette métaphore m'a emmenée un peu loin. Bref, les histoires de Cass, ça se déguste.

Elle nous jauge du regard, puis elle annonce :

– Marius m'a larguée.

– Quoi ?! s'étrangle Fleur.

Nous partageons son ébahissement, mais Fleur est la seule à être devenue pâle comme un cierge, à croire que tout son sang lui est tombé dans les talons. Cette fille serait capable de mourir d'un infarctus si elle voyait quelqu'un en faire un devant elle. Cet extraordinaire sens de l'empathie l'aurait empêchée de devenir secouriste si telle avait été sa vocation, mais heureusement, elle prépare un diplôme de bibliothécaire, qui est plus dans ses cordes.

L'empathie, chez Fleur, est bien autre chose qu'un simple trait de caractère : c'est un élément constitutif de son identité tout entière. Par exemple, dès que Fleur voit quelqu'un chialer, elle ne peut pas s'empêcher de chialer. Et ça lui fait pareil quand elle voit quelqu'un vomir, ce qui est moins mignon mais très réconfortant : où que tu sombres, Fleur sombre avec toi.

– Marius ? enchaîne Li sans quitter Cass des yeux. Marius t'a larguée ? *Ton* Marius ?

Un temps.

– Impossible, décide-t-elle.

Li a raison : il est strictement impossible que Marius ait pu « larguer » Cassandra. Ce serait comme imaginer, disons, une bombe nucléaire larguant son avion.

– T'as raison, admet finalement Cass. Marius m'a pas tout à fait larguée. Mais presque.

– Ah ! souffle Fleur, qui retrouve ses couleurs de jeune pâquerette. Ça m'étonnait, aussi. Marius, on dira ce qu'on veut, c'est un mec bien.

Lotte ne fait pas de commentaire, mais dodeline mystérieusement de la tête. Sans doute un signe secret que se transmettent les nymphes depuis les siècles des siècles... Sous son chandail bleu pastel assorti à ses yeux, je devine cependant un soupir interrogatif.

– Et donc ? ré-attaque Li, un œil sur Cass et l'autre clignant pour remercier José, qui vient de déposer une tournée générale.

Cass se tortille sur sa chaise. Si je ne la connaissais pas aussi bien, je dirais qu'elle est embarrassée. Mais ça aussi, c'est impossible. Si l'Embarras en personne croisait Cass dans la rue, c'est lui qui baisserait les yeux.

– Commence par le commencement, je suggère.

– Voilà, suis les conseils de Virginia Woolf, ricane Li.

Elle pioche une pinte, m'en tend une. On trinque.

– Ça ne vous ferait rien qu'on écoute Cass, les filles? intervient Fleur, dont le cœur bat la chamade depuis qu'elle sait que notre amie a *presque* été larguée par son mec.

– Pardon, t'as raison. On est tout ouïe...

– OK, répond Cass. Bon, alors, le commencement... Eh bah, le commencement, c'est le *pregnant porn*.

Lotte lève un sourcil intrigué, mais comme elle conserve son éternelle expression de neutralité parfaite, on ne saurait dire si le concept lui est familier ou non.

Fleur, inversement, est d'une transparence de cristal:

– Qu'est-ce que c'est que cette horreur?

Oui, c'est bien ce qu'elle a dit. *Qu'est-ce que c'est que cette horreur?* Fleur emploie très souvent des expressions de petite mémé.

Cass souffle patiemment.

– Le *pregnant porn*, explique-t-elle, c'est du porno avec des femmes enceintes.

En un mouvement à la fois synchronisé et contradictoire, Fleur plisse le menton et hausse les sourcils. Ça lui fait la tronche d'une bourgeoise qui, alors qu'elle s'apprête à faire trempette dans sa piscine, tomberait à pieds joints dans une mare de merde.

– Des femmes enceintes qui, qui... qui baisent, quoi? répond-elle, nous émouvant toutes par sa courageuse tentative d'employer un gros mot.

Sauf que face à Cass, elle aura toujours une trentaine de longueurs de retard.

– Bah, je sais pas si on peut vraiment considérer que tu baises quand t'es attachée à une balançoire, la tête en bas, et que tes partenaires sont assez nombreux pour se taper un babyfoot.

– La tête en bas ? je dis. Pas bon pour le bébé, ça...

Li pouffe dans mon épaule, et Cass émet le bruit homérique qui lui tient lieu de rire. Même Lotte m'offre la gemme grenat de son sourire d'elfe.

Fleur est la seule à pas ne réagir. Pendant une seconde, j'ai peur qu'elle nous claque entre les doigts. Notre pâquerette, sous ses taches de rousseur, est bien pâlichonne.

– OK, reprend Li. Tu as découvert que Marius avait maté une vidéo de *pregnant porn* hier soir et tu l'as largué, c'est ça ?

– Nan, nan. D'abord, c'était pas hier. C'était avant-hier soir. Je suis rentrée tard du taf, il était déjà au lit...

Depuis trois ans, Cass bosse dans une grosse agence de com, et elle a des horaires de maboule. Elle a toujours clamé haut et fort que même si elle avait des enfants un jour, elle ne changerait absolument RIEN à son rythme de vie, parce qu'elle ADORE son taf et que ça passe avant TOUT le reste (sauf nous, peut-être).

Marius est infirmier. Lui aussi il a des horaires de maboule, mais lui, il ne supporte plus ce travail. Et il rêve de lever le pied pour se poser un peu, avoir du temps pour lui et élever des enfants avec Cass.

– Avant de me pieuter, je vais dans le salon, je me sers un verre et je prends mon Mac, histoire de faire un dernier check de mails. Et là, je remarque un truc louche : l'ordi était tourné vers la fenêtre. Alors qu'avant de partir, je l'avais tourné vers la porte, vous voyez ?

– On voit, répond Fleur, qui écoute avec la plus grande attention. Continue.

– On voit surtout que t'es une grande psychopathe, chuchote Li.

Je m'efforce de recentrer le débat :

– Bref, telle Kathy Bates éventant la tentative d'évasion de Paul Sheldon, tu as compris que Marius s'était servi de ton ordi grâce à ce détail qui aurait échappé à toute autre que toi. Et donc ?

Cass poursuit, sans relever ma référence littéraire :

– Donc, j'ouvre Internet et je regarde l'historique.

– Normal, dit Li en arquant un sourcil.

– Normal, confirme Cass, qui n'a pas du tout perçu l'ironie. Ça m'a pas pris dix secondes : ce con n'avait même pas effacé ses traces !

– Ces bêtises que l'amour vous fait faire, murmure Li.

Cette fois encore, Cass ne saisit pas le sous-entendu, ni la ref à *Game of Thrones* : elle est trop à fond dans son histoire.

– Je fais défiler la barre de recherche. Bordel, il s'était carrément tapé un marathon de la branlette, l'enfoiré ! *Blowjob amateur, Clara Morgane old fashion classic, Asian pussy school, Inter-racial gangbang*... La totale ! Et à la fin, je vois : *pregnant porn*.

– Il avait mis un trait d'union à « inter-racial » ?

– Mais qu'est-ce que ça peut fiche, Seize ? s'irrite Fleur.

À côté d'elle, Lotte fronce le nez d'une façon qui me semble légèrement désapprobatrice. Je veux faire signe à Cass de continuer, car rien ne me gêne plus que d'être désapprouvée par Lotte – mais Li me grille la priorité :

– De toute façon, c'est sûrement pas à cause de son record de branlettes que tu l'as largué. Même si, entre nous, c'est un peu...

– *Immonde* ! glapit Fleur.

– J'allais dire « tristoune », mais va pour « immonde ». Enfin, bref, je suppose qu'il y a autre chose, non ?

– Mais ÉVIDEMMENT ! tonne Cass, si fort qu'on sursaute toutes (même Lotte, en un grâcieux rebond de ballerine). Bien sûr qu'il y a autre chose ! J'aurais jamais plaqué Marius pour une connerie pareille ! Même si c'est bien parti de là.

– Explique.

Cass inspire, cogite, se lance :

– Bon. Le truc, c'est que sur certains sites, t'as des fenêtres pop-up qui s'ouvrent, avec des bombes platine qui proposent aux mecs de tchatter en direct, genre « Salut c'est Cynthia, étudiante très coquine et partante pour un plan à trois dans ton quartier », vous voyez le délire ?

– Oui, répond Li.

– Non, répond Fleur.

– Pas grave, tu peux me croire sur parole. Donc, sur le site de *pregnant porn* que Marius a maté, y en avait, apparemment. Et en fouillant le serveur, j'ai vu qu'il avait cliqué dessus.

Elle souffle.

– Alors ça, ça m'a gavée. Mais vraiment. Parce que même s'il a « juste » cliqué dessus – il a refermé le tchat au bout de quatre secondes –, ça voulait dire qu'il avait été *tenté* de me faire une infidélité. Virtuelle ou pas, je m'en fous, ça change rien au problème. Du coup, j'ai fait ce qu'il fallait.

On laisse passer un moment de flottement, durant lequel chacune de nous se demande ce que Cass entend par « ce qu'il fallait ». Ma première conclusion est qu'elle a buté Marius.

Je me raisonne. Ce n'est pas possible. Non pas que Cass ne me semble pas capable de tuer un homme ; elle en est tout à fait capable, à mon avis, et aussi de faire disparaître le corps en le plongeant dans un bain de chaux vive avant de nous rejoindre au Cosmopolite comme si de rien n'était. Mais si elle avait fait ça, pourquoi aurait-elle dit que Marius l'avait *larguée* ? Ça n'aurait pas de sens.

– T'as fait quoi, au juste ?

Cass hausse les épaules.

– Ben, j'ai envoyé un message à Marius. En me faisant passer pour la meuf du tchat.

– Pour la…

– Pour la Cynthia de mes couilles !

– C'est pas vrai ?! s'écrie Li.

– T'as pas fait ça ?

– Ben si ! répond Cass, que notre incrédulité semble étonner. J'ai créé un faux compte pour lui écrire. En gros : « Salut Marius, je suis Cynthia, l'étudiante coquine. J'ai vu que tu avais cliqué sur ma vidéo et que tu étais reparti tout de suite ! Ça m'a rendue curieuse, alors je me suis permise… »

– « Permis », je rectifie par réflexe. Complément d'objet indirect.

Les filles me crucifient du regard ; je tourne les paumes vers le ciel. Cass émet un grognement et reprend :

– Oui, donc, « Je me suis permis de remonter ton adresse IP, par curiosité. Et en tombant sur ton Insta, j'ai remarqué qu'on avait plein de centres d'intérêt communs ! Ça m'a donné envie qu'on fasse plus ample connaissance. »

– Tu... Tu as écrit ça, résume Fleur, sonnée par ce déluge d'informations délirantes.

– Bah ouais. En gros, quoi.

– Tu as fait dire à cette Cynthia virtuelle qu'elle avait « plein de centres d'intérêt communs » avec Marius.

– En dehors du *pregnant porn*, je chuchote.

Li lève l'index, façon prof tentant de capter l'attention de sa classe :

– Attends une minute. Tu veux nous faire croire que Marius a gobé tout ça ? Primo, que derrière cette vidéo de tchat bidon, il y avait vraiment une Cynthia de 19 ans adepte du triolisme et non pas un groupe de Congolais exploités ? Deuzio, que cette imaginaire et mirifique meuf canon n'avait rien de mieux à faire que de traquer, par « curiosité », un type qui avait cliqué sur sa vidéo ? Tertio, que cette imaginaire et mirifique meuf canon avait ensuite craqué pour lui en découvrant son Insta ?!

– C'est vrai que c'est un peu tiré par les cheveux, ce truc du compte Insta, j'ajoute (en me mordant les lèvres pour ne pas rire).

– Surtout que Marius ne poste que des vidéos de parties d'échecs, murmure Fleur.

– Alors ? reprend Li.

On reste silencieuses, attendant la réponse de Cass.

Elle nous observe longuement, une à une.

– BAH OUAIS !

Nouveau sursaut général. Cass enchaîne, d'une voix moins tonitruante :

– Évidemment qu'il a tout gobé : c'est Marius. Mais là n'est pas le problème. Le problème, c'est que ce matin, il a répondu à Cynthia. « Avec joie », il a écrit. Putain ! « *Avec joie* », salopard ?! Quand j'ai vu arriver le message, j'étais au taf et je vous jure que j'ai failli tomber de ma chaise. J'ai voulu l'appeler direct. Seulement...

– Seulement ?

Elle nous envoie soudain un regard qu'on ne lui connaît pas. Le regard d'une gladiatrice qui se rend compte que son glaive s'est brisé avant l'assaut final.

– Ben, je sais pas, j'ai eu envie de voir. Alors j'ai répondu.

– Tu veux dire...

Elle retrousse les lèvres, songeuse.

– Ouais. J'ai répondu en mode Cynthia. « Cher Marius, quel plaisir de te lire », blablabla. Et lui, il a re-répondu. Après, ça s'est accéléré : une question, une réponse, une petite vanne, un compliment, une question... Assez vite, on a commencé à bien délirer, lui et moi. Parce que Marius, il a de l'humour quand il veut, hein ?

– Oui, quand même, c'est un mec bien, concède Fleur, quoiqu'elle ait du mal à faire entrer ce « mec bien » dans le porno palace qui semble lui servir de repaire.

– C'est ça ! s'écrie Cass. Un mec bien. Donc, on discute, on se marre. Et petit à petit, la conversation devient plus intime. Surtout de mon côté. Je saurais pas dire pourquoi. Peut-être la distance, l'écran…

– La sincérité qu'autorise le travestissement, je souffle.

– Si tu veux. En tout cas, je me suis lâchée. En fin de compte, on s'est écrit toute la journée. Jamais j'avais autant rien glandé au taf ! Et Marius, au fil des messages, il m'a mise en confiance, avec ses petits mots adorables, ses questions et ses marques d'attention, sa façon de m'écouter. C'est là que tout a vrillé, vous pigez ?

– Non, répond Li.

– Oui, répond Fleur.

Je tente :

– Ça t'a foutue en rogne de t'apercevoir que ton mec avait passé la journée à tchatter avec ce qu'il pensait être une étudiante en chaleur ?

Cass soupire.

– Nan, nan… Ça, c'est accessoire.

– Alors quoi ? j'insiste.

Nouveau soupir, puis Cass baisse les yeux.

– Vous vous foutez pas de moi, OK ?

On secoue la tête en chœur.

– Bon. Ce qui s'est passé, c'est qu'à travers cette Cynthia, moi, j'ai TOUT donné. Je me suis entièrement livrée à Marius. Je lui ai dit des choses que j'ai jamais avouées à personne, vous comprenez ? Jamais ! À personne !

– Même pas à nous ? intervient Lotte, s'exprimant pour la première fois depuis l'entrée de Cass et nous glaçant toutes pendant une seconde, comme à chaque fois que le son de sa voix se fait entendre – généralement pour énoncer une Vérité Cruciale.

– Même pas à vous, répond Cass d'un ton boudeur. C'était mon jardin secret, quoi.

Mince alors. Cass a un jardin secret ? Moi qui pensais que son monde intérieur ressemblait à un appartement-témoin Ikea.

Elle a l'air drôlement abattue, d'un coup. Une guerrière à terre.

D'une voix presque douce, elle poursuit :

– Je lui ai tout dit, putain. Tout ce que j'aurais voulu être capable de lui avouer en face, en tant que Cass. Vous savez quoi ? J'ai cru que j'allais le toucher au cœur, les meufs. J'ai cru que j'allais *l'émouvoir* !

Dans sa bouche, le mot sonne comme un cri de bête menée à l'abattoir ; je ne l'ai jamais vue aussi à vif.

– Et… Et alors ?

– Alors, mon gentil Marius a écouté tout mon laïus, très patiemment. Très gentiment. Il m'a laissée lui confier mes secrets, mes doutes, mes peurs. Tous les trucs crades et durs que je trimbale depuis l'enfance. Et à la fin, il m'a dit qu'il était désolé, que j'avais l'air d'une fille sympa mais qu'il était déjà en couple. Bim. C'est là qu'il m'a larguée.

On se regarde, perplexes.

Parce qu'on ne pige pas trop à quel moment Marius a largué Cass, dans cette histoire.

Elle cogne sur la table.

– Une fille « SYMPA » ?!

Troisième sursaut général. Personne n'ose bouger d'un orteil autour de la table. Ni dans le bar, d'ailleurs... Je me rends subitement compte du silence qui a envahi le Cosmo.

– Une fille sympa, elle répète. C'est ça qu'il a vu. Alors que j'avais tout déballé. Alors que je m'étais foutue à poil devant lui. Enfoirés de mecs.

Je suis à peu près certaine qu'il y a un « s » au bout de ce « mecs » : Cass dresse un constat global. Mais je ne pousse pas la réflexion plus loin, car à cet instant, je m'aperçois que mon amie pleure. Elle chiale même à gros bouillons.

Mince.

Cass, pleurer ? Ça, je l'aurais jamais cru.

Il semblerait donc que la colère de Cass, ce soir, n'ait pas été de nature transitoire, mais plutôt expiatoire. Il semblerait qu'elle soit née d'un chagrin profond et réel. Si notre amie a fait autant de bruit, en pénétrant dans notre refuge, ce n'était finalement pas pour le plaisir du tapage : c'était tout bêtement dans l'espoir qu'on entende, par-delà sa carapace de soldate, la tristesse qui lui déchirait le cœur.

On se regarde. On ne dit rien, on n'émet pas un son – sauf Fleur qui, bien sûr, fond soudain en larmes.

L'une après l'autre, on pose nos mains sur celles de notre amie, chacune d'entre nous comprenant à son rythme que Cass vient de rompre avec Marius, alors qu'elle l'aime encore, et peut-être même plus que jamais, et qu'elle a rompu avec lui parce que lui-même avait précédemment

« largué » une Cynthia imaginaire par le biais de laquelle Cass lui avait *enfin* ouvert les portes de son jardin secret – jardin dont nous ignorions l'existence mais qui n'en contenait pas moins mille et une torturantes douleurs, mille et un chagrins inavoués.

Ce qui peut signifier, au terme d'un raisonnement un brin tordu, que Marius a effectivement largué Cass, à travers Cynthia, parce qu'il ne l'aimait pas assez fort.

Même si c'est sans doute encore un peu plus compliqué que ça.

[Un homme, une femme]

Il n'arrête pas de farfouiller. D'ouvrir des tiroirs, de faire claquer des portes de placard. Je ne sais pas ce qu'il cherche. Régulièrement, j'entends des objets métalliques tomber par terre. *Des tenailles ?*

Arrête tes conneries, Sophia. Ne cède pas à la panique. Pas d'un pouce, tu m'entends ?

J'entends. J'entends.

Bon. Respire. Commence par le commencement, Virginia – et au commencement était la respiration. Une... deux. Une... deux.

Ne pense surtout pas à ce qui pourrait arriver.

Chut ! Respire.

Voilà. *Le cœur écoute le souffle qui va et vient, le cœur écoute et se calme*. Répète encore. Comme une chanson, d'accord ? *Le cœur écoute le souffle qui va et vient, le cœur écoute et se calme.* Oublie que cette phrase sort sûrement d'un cours de relaxation acheté sur Internet pendant le dernier confinement, et essaie de te calmer. *Le cœur écoute le souffle qui va et vient, le cœur écoute et se calme.*

Parfait. Maintenant, tu peux tenter de réfléchir. Mais ne va pas trop vite, d'accord ?

D'accord.

Bien. Ce type, est-ce que tu le connais ? Est-ce que tu l'as déjà vu ?

Allez. Cherche. Tout peut dépendre de ce que tu trouveras. Tout, c'est-à-dire ta vie. Ta *vie*, Sophia, pigé ?

Pigé.

(Il marmonne quelque chose en ouvrant des sacs plastique qu'il jette derrière lui au fur et à mesure de ses farfouillages.)

Non. Non, je ne vois pas. Un petit mec, maigre à faire peur, d'une quarantaine d'années d'après sa voix... Ça ne me rappelle personne. Non. Je ne le connais pas, ce connard, ce *putain de cinglé*. A priori, je ne le connais pas.

Alors quoi ? C'est juste un type qui t'a chopée dans la rue par hasard, et qui t'a menacée avec un couteau pour te séquestrer dans cette pièce, te coller un bâillon sur la bouche et te ligoter sur une chaise ?

J'ai de la buée plein mes lunettes et en plus il pue, ce bâillon. Ça fait comme un patch, j'ai l'impression que je m'arracherais les lèvres si j'essayais de l'enlever. De toute façon, je ne peux pas, vu qu'il m'a attaché les mains dans le dos. Je me rappelle qu'il s'est remis à trembler au moment de serrer les cordes – des cordes qui coulissaient de façon nette, fluide, parce qu'elles sont toutes neuves. Je suis sûre qu'il les a achetées hier au rayon bricolage de son supermarché.

Haha. Regarde-toi, « Seize », la pigiste sous-payée qui joue les détectives. Tu ne trouves pas ça grotesque ?

Si, bien sûr que si. Mais tout est grotesque. Ce type avec son masque de Schwarzenegger, cet endroit dégueu qui schlingue les ordures et la vaisselle sale, cette situation. J'étais avec mes copines, on buvait des coups au bar, tout était *normal*. Et tout a basculé.

Putain, j'ai peur.

Chut, n'y pense pas. Continue, sers-toi de ton cerveau.

(Il crie « Aïe ! » en se cognant contre quelque chose.)

Les liens ne sont pas très serrés. Avec un peu de patience, je pense que j'arriverai à les défaire. Et ensuite je pourrai me lever, si je le veux vraiment.

Oh, cette phrase fait du bien, comme les larmes sur mes joues, tout à l'heure. Quand cet enfoiré m'a giflée.

Je pourrai me lever, si je le veux vraiment.

Répète.

Cheffe, oui, cheffe.

Je pourrai me lever, si je le veux vraiment. Je pourrai me lever, si je le veux vraiment. Je pourrai me lever, si je le veux vraiment.

Bien. Tu pourras – ou plutôt tu *pourrais,* étant donné que pour l'instant, tu ne vas pas le faire. Parce que tu ne sais pas à qui tu as affaire. Tu ne sais rien, à part que ça peut très mal se passer. Tu as rédigé assez de brèves dans la rubrique « faits divers » pour savoir plusieurs choses essentielles sur le genre de situation où tu te trouves.

Premièrement, il y a un paquet de dingues en liberté. Deuxièmement, ces dingues sont la plupart du temps des hommes, dont les cibles privilégiées sont la plupart du temps des femmes. Troisièmement, quand un de ces dingues décide de faire quelque chose d'horrible à une femme, les gens ne l'apprennent qu'une fois qu'il l'a fait. Quand c'est trop tard. On se retrouve alors avec des voisins choqués qui disent qu'ils ne comprennent pas, le monsieur était tellement discret, on n'entendait jamais un bruit dans son appartement et d'ailleurs, cette fois encore, ils n'ont rien entendu. On se retrouve avec le monsieur discret qui explique que c'est une publicité pour la lingerie qui a tout déclenché dans sa tête et qu'il regrette – même si chacun sait bien que, si c'était à refaire, il referait pareil. On se retrouve avec une pauvre meuf violée, ou tuée, ou les deux, et un micro-trottoir qui estime que c'est triste et que ça montre bien que les jeunes filles ne devraient pas rentrer seules la nuit, surtout pas vêtues comme ça.

(Il a trouvé ce qu'il cherchait : il revient, j'entends ses chaussures crisser sur le lino. Il boite ? Je crois qu'il boite.)

Oh putain, j'ai peur.

– Ça m'énerve tellement, il dit.

Il est essoufflé. Sa voix est rauque, comme s'il avait couru un cent-mètres. Cette atroce odeur de lait caillé qui lui colle à la peau revient me frapper les narines.

– Je cherchais mon portable. Ça t'énerve pas quand tu le perds ?

Son portable. Il a dû me piquer le mien ; je l'avais dans la poche de ma veste, et je ne le sens plus peser dedans.

Il renifle un coup.

– J'ai fini par le retrouver, mais quelle galère. Impossible de me rappeler où je l'avais mis ! Ils devraient inventer un truc pour qu'on les repère. Remarque, ça existe, je crois. En attendant, j'ai bien galéré.

Il lâche un petit rire. À travers les orifices du masque, je devine ses yeux qui espèrent mon assentiment. Qu'est-ce que c'est que ce mec ?

– Forcément, j'allais pas mettre la lumière !

Au bout de sa main osseuse, son téléphone s'éclaire, jetant une brève lueur sur son masque. Il se gratte le menton, s'arrête en s'apercevant qu'il est en train de gratter le latex, lâche encore une fois son petit rire horripilant.

Et encore une fois, il a l'air de croire que je vais me marrer avec lui. Il hoche la tête pendant un long moment, absent, face à moi.

C'est peut-être maintenant que je devrais faire quelque chose. Tenter de lui parler. Me jeter sur lui.

T'as un bâillon sur la bouche, crétine. Et les mains liées. C'est pas censé être toi, le cerveau de la bande ? Carrément pas, en fait. Ce serait plutôt Li. Ou Lotte, à la rigueur, même si on ne sait pas bien ce qui se passe à l'intérieur de son crâne. Moi, je suis la littéraire. La fille qui rêve très fort sa vie parce qu'elle ne vit pas assez fort. Ça sert à quoi, une littéraire, dans un cas comme celui-là ? Ça dispose de quels atouts pour gérer un taré ?

Putain de taré.

Tu ne le connais pas, mais lui, il a l'air de te connaître. Ou plutôt, de vous connaître : il a parlé des filles et du Cosmo. Mais c'est *quoi*, ce mec ?

J'ai peur. Je serre l'une contre l'autre mes cuisses moites et puantes d'urine, et j'ai peur.

– Rhâ, je sais plus où j'ai foutu mes médocs ! Et j'y vois rien, c'est chiant !

Il balance ça d'un coup. Il se replante devant moi.

– Écoute, je vais aller en acheter, d'accord ?

Il attend en dodelinant de la tête, exactement comme si j'allais lui répondre « Oui oui, bien sûr, vas-y mon chéri ».

– Bon, alors j'y vais. À tout de suite. Je vous laisse, ne faites pas de bêtises, hein ? Les gars se fâcheraient tout rouge, je vous jure !

Je l'entends s'éloigner. Il trifouille la serrure pendant quelques minutes, il ouvre la porte. Je pense qu'il a pris le temps de regarder par le judas avant.

Et puis il sort.

Mais dans le rais de lumière qui jaillit juste avant que la porte se referme, et tandis que je repense au « vous » qu'il vient d'employer, j'aperçois une silhouette étendue sur le canapé.

C'est Fleur.

- 2 -
Notre pâquerette

– BON ! Assez chialé comme ça !

Le coup de poing que Cass flanque sur la table est si brutal que tout valdingue en même temps : les olives, les bières et l'émotion du moment.

Cass regarde, confuse, les verres se fracasser par terre les uns derrière les autres, puis la bière se répandre sous ses bottes noires. Sa confusion tient moins au fait de découvrir que sa violence peut avoir des conséquences qu'à un constat plus simple : les choses, parfois, comme les cœurs, se brisent.

Mais si confuse soit-elle, Cass n'est pas le moins du monde *embarrassée.* Il en faudrait mille fois plus pour ça, et de toute façon, Fleur l'est bien assez pour elle : avant qu'on ait pu faire le moindre geste, elle s'est jetée à quatre pattes sous la table et s'emploie à rassembler les éclats de verre à l'aide d'une éponge sortie d'on ne sait où (de sa poche ?).

Sous ses boucles blondes, notre pâquerette a viré au coquelicot, et je la soupçonne de profiter de l'ombre de la table pour camoufler sa honte aux clients du Cosmo. Fleur déteste attirer l'attention, mais plus encore, l'idée de *déranger les autres* lui fait horreur.

Et lorsque cela se produit, par la faute de l'une d'entre nous – parfois moi, souvent Li, très souvent Cass, jamais Lotte –, Fleur peut avoir tendance à perdre les pédales.

Le résultat est à la fois hyper flippant et assez drôle.

Éponge en main, elle marmonne en boucle :

– Attention pas se couper, coup d'éponge, imagine si des enfants, coup d'éponge, mais quel cauchemar, coup d'éponge, par-tout y en a par-tout y en a par-tout, et encore un qui s'était caché, coup d'éponge, et ça colle en plus, coup d'éponge, va pas marcher pieds nus...

En dépit de son visage poupin, elle fait furieusement penser au personnage de la vieille folle des films de David Lynch, celle qui annonce le dénouement de l'intrigue juste après le générique de début en clignant des yeux d'un air cryptique.

En temps normal, on ne se serait pas privées de balancer quelques vannes à notre pâquerette, mais pour une fois – peut-être parce qu'on sort d'un inhabituel moment de communion –, personne n'envisage de la taquiner.

Li, la plus tranchante d'entre nous, pose même un genou à côté d'elle.

– Fleur... José va s'en occuper. Allez, viens, c'est pas à toi de faire ça.

Wahou. Je n'ai pas entendu Li parler aussi gentiment à Fleur depuis la soirée chez Mélissa Dartois, au lycée... Cette soirée où, juste après avoir emballé Félix Lefuret «pour le fun», Li avait découvert que Fleur nourrissait pour le garçon – en cachette et depuis le CE2 – d'intenses fantasmes amoureux.

Li avait mesuré l'ampleur des dégâts lorsqu'elle avait trouvé notre pâquerette recroquevillée dans la baignoire de Mélissa Dartois, bien partie pour se noyer dans la rivière de larmes qu'elle déversait en continu.

Li s'était assise au bord de la baignoire ; on l'avait rejointe une à une, intimidées par l'aspect dramatique de la situation. Et ce soir-là, après avoir réconforté Fleur avec une étonnante douceur, Li avait envoyé ledit Félix Lefuret se faire foutre avec une moins étonnante brutalité.

(De mémoire, ledit Félix Lefuret s'était consolé une heure plus tard dans les bras de Lisa Paillon.)

Armé d'un seau et d'un balai, José surgit.

On adore José.

José est un peu notre Zorro personnel. Il est aux petits soins pour nous, aimable, généreux, souriant, compréhensif et attentif à nos désirs – au point de nous servir nos commandes avant même qu'on ait le temps de lever l'index –, indulgent en cas de fins de mois difficiles et toujours disposé à nous faire crédit.

Il a la trentaine, je dirais quatre ou cinq ans de plus que nous. Plutôt beau gosse, avec ses longs cheveux noirs qu'il coiffe en arrière, comme Antonio Banderas dans les années 90, ses chemises cintrées et ses jeans slim qui moulent à merveille son...

– L-l-aisse-m-m-oi f-f-f-aire, F-f-f-f-f-leur !

Ah, j'oubliais.

José Banderas est bègue.

Pas bègue «*je bute sur la première lettre de ton prénom, mais après je me débrouille*».

Non, bègue «*prononcer une phrase entière est un calvaire pour moi, m'écouter est un supplice pour toi, alors contentons-nous de nous regarder dans le blanc des yeux et nous passerons une bien meilleure soirée*».

Je n'ose imaginer ce que donnerait une phrase pareille dans sa bouche.

Évidemment, pour officier à son comptoir, José a dû développer un système de communication non verbale ultrasophistiqué, composé de gestes codés, de jeux de mime et de coups d'œil éloquents vers le tableau de commandes, ce qui lui évite d'avoir à demander toutes les cinq minutes à ses clients c-ce qui-qui-qu'ils ont env-vie d-d-de de b-b-b-b-oire.

Au bar, notre Zorro joue donc les Bernardo.

On s'est souvent dit que ça ne devait pas être facile, pour lui, la vie. Que mine de rien, il souffrait d'un trouble costaud, du genre qui peut t'empêcher de nouer des relations sociales ou amicales – sans parler de baiser. Parce que franchement, le mec a beau bénéficier de solides arguments, qui pourrait endurer un restau entier en tête à tête avec lui avant de passer aux choses sérieuses ?

– Et même si tu décides de sauter l'étape « restau », il faut bien qu'il t'invite à monter dans son appart, avait dit Cass, un soir qu'on en discutait. T'imagines, trois heures pour qu'il arrive au bout de sa phrase ? Je pourrais pas.

Il y en a au moins une qui a pu, puisqu'on a découvert par la suite que José était marié et père d'un petit garçon – sa femme, une meuf canon et immédiatement sympathique, est passée le voir au bar, une fois, avec leur môme. Li, forcément, avait craqué face au bout de chou, les enfants étant son seul point faible connu à ce jour ; elle avait passé une heure à jouer avec le petit Lucien. (Oui, exactement. Une heure à jouer avec un enfant, sans avoir l'air de s'ennuyer une seconde. Une. Heure.)

En voyant José avec sa femme et son fils, tous trois si beaux, en harmonie, radieux, on s'était senties un peu morveuses. Notre Zorro zozotteur mettait peut-être des plombes à prononcer une malheureuse phrase, mais il avait rencontré quelqu'un qui l'aimait suffisamment pour prendre le temps de l'écouter. Est-ce qu'on pouvait, nous, en dire autant ?

– Qu'est-ce que t-tu f-f-f-f-abriques, F-f-f-f-leur ? Tu es f-f-f-f-olle de t-te mettre à g-genoux dans le v-verre !

Ouh là. Le « f » lui donne encore plus de fil à retordre que les autres lettres... Je n'avais jamais remarqué ça avant.

En un rien de temps, José a relevé Fleur, plongé sous la table et nettoyé le bazar, faisant enfler dans nos cœurs le remords de nous être moquées de lui et y instillant un soupçon de jalousie à l'égard de son heureuse élue, qui fait partie des rares femmes au monde dont le compagnon est sans doute plus efficace qu'elles dans les tâches ménagères. (La vision d'un mec passant le balai m'a toujours semblé atrocement excitante, et je suis à peu près certaine de ne pas être la seule dans ce cas. Peut-être qu'il y a un business de porno féminin à monter, là-dessous. *Cleaning porn* ? *Javel porn* ?)

– Je v-v-ous laisse, les f-f-f-f-f-illes.

Ouais, le « f » pose problème, décidément.

– Merci, Zé, lui lance Li tandis qu'il s'éloigne. Tu nous remets la même ?

– Je v-v-ous l'of-f-f-f-fre.

Décidément irrésistible, ce salopard de bègue.

Ensuite...

Ensuite vient la grande scène. Dans un film de Tarantino, cela correspondrait au moment où, alors que les espions britanniques attablés dans l'auberge s'apprêtent à échanger des informations au milieu d'une foule de convives qui rient et s'amusent bruyamment sans se douter le moins du monde de ce qui va leur tomber sur le coin de la figure dans une poignée de secondes, on découvre brusquement qu'il y avait un nazi caché depuis le début dans une alcôve, les écoutant tel un loup en embuscade.

Dans notre bon vieux Cosmopolite, la grande scène a lieu juste après l'aller-retour express de José, qui nous a déposé un plateau garni de bières.

Et cette grande scène tient en trois mots.

Et ces trois mots sont prononcés par celle d'entre nous qu'on entend le moins souvent.

Lotte, dardant sur Fleur son regard bleu d'elfe étrange, assène soudain :

– Vous sortez ensemble.

Aussitôt, la Terre se fige dans son axe doublement rotatif, l'air siffle de plus en plus fort au fond de nos tympans, la tension grimpe en flèche au point que ça en devient vite insupportable, et tandis que tout se met en suspens, on se crispe collectivement, apnée complète, asphyxie croissante – jusqu'à ce que se produise l'inévitable réaction en chaîne, dans le tonitruant désordre de nous cinq :

Cass hurle un « QUOI ?! » qui secoue le bar entier.

Fleur réalise l'exploit de rougir et pâlir en même temps.

Li se prépare à riposter.

Lotte dodeline de la tête mystérieusement.

Et moi, je réajuste mes lunettes, réflexe qu'ont tous les myopes en cas de panique et qui nous vient de la croyance profonde (quoique non avérée) selon laquelle, en y voyant plus clair, on saura rendre la situation moins trouble.

Le chaos s'interrompt aussitôt après avoir jailli.

Dans le silence de nos consternations respectives, on se tourne vers Lotte, qui vient de balancer sa petite bombe.

Puis vers Fleur, qui n'a pas l'air décidée à la désamorcer.

Lotte. Fleur.

Lotte. Fleur. Lotte. Fleur.

Lotte, Fleur.

Lotte, Fleur, Lotte, Fleur.

Lotte.

Fleur.

Jusqu'à ce que Fleur finisse par murmurer, d'une voix noyée dans le pourpre de son visage :

– Oui.

On reste sonnées – sauf Lotte, toujours imperturbable.

« Oui. » Elle a dit « oui ».

Fleur, notre Fleur, a une relation *amoureuse* ?

Fleur, notre Fleur, a une relation amoureuse et *secrète* ?

Fleur, notre Fleur, a une relation amoureuse et secrète *avec José* ?

Fleur, notre Fleur, a une relation amoureuse, secrète et *adultère* avec José ?!

Ça n'a pas le moindre sens. Ce serait comme imaginer, disons, la Morale copulant avec la Bienséance. C'est tout simplement...

– Impossible.

Une réponse signée Li – concise et précise. Avant qu'on ait eu le temps d'esquisser un geste, elle a plaqué une paume en étoile sur la table pour donner plus de poids à son propos. D'un ton calme, elle dit à nouveau :

– Impossible. Je n'y crois pas, Fleur. Je ne peux pas, je ne veux pas croire que tu te sois fourrée dans une histoire pareille.

Reprise du Roland-Garros cosmopolitain, à ceci près que Fleur a changé d'adversaire.

Fleur. Li.

Fleur. Li. Fleur. Li.

Fleur, Li.

Fleur, Li, Fleur, Li.

Fleur.

Li.

Au quatorzième coup, notre pâquerette entrouvre les pâles coussins de ses lèvres.

– Je…

– Mais QUAND est-ce que tu l'as serré, BORDEL ?!

La table tangue et nous avec ; seule Li, les mains ancrées dans le bois de la table et les yeux dans ceux de Fleur, résiste au séisme provoqué par Cass.

– Ce-n'est-pas-la-question, assène Li.

Et cette fois, le calme de sa voix ne suffit plus à camoufler sa colère. Oui, notre brune amie est en colère. Elle est même furieuse. De l'extérieur, ça ne se voit pas ; entre les débordements sonores de Cass et la froide fureur de Li, il y a un monde.

Mais c'est un monde que je connais jusque dans ses moindres recoins. Et je peux affirmer que si la paume de Li était aussi brûlante que la rage qui, en ce moment, accélère les battements de son cœur, elle aurait déjà creusé un cratère dans la table. Ce qui n'aurait pas arrangé les affaires de José.

José et Fleur ! Ça alors. Jamais je n'aurais…

– … cru ça de toi, reprend Li.

Aïe.

Le pire, c'est que je ne suis même pas surprise. Je sais exactement pourquoi Li a prononcé ces mots, je sais à quel point la déception de Li est immense. Je sais aussi que cette déception n'a rien à voir avec le respect des conventions morales, ni même avec son adhésion à une sororité qui interdirait à toute meuf digne de ce nom de piquer son mec à une autre.

Non, ce qui rend Li folle de rage dans cette histoire, c'est le gamin.

À ma connaissance, il n'existe quasiment rien, sur notre plan de réalité, qui puisse choquer Li. On parle d'une fille qui pourrait tout à fait être contactée par l'éditeur du *Kâma-Sûtra* afin d'en rédiger une version augmentée sans avoir besoin de recourir à de la documentation. D'une fille si caustique et acérée que l'humour noir semble bien être la seule chose au monde pour laquelle elle conçoit une forme de respect.

La plupart des gens ont peur de Li ; peur de ce qu'elle va dire, de la réplique cinglante qui frémit au coin de ses lèvres fines, peur de ce qu'elle va faire – parce qu'elle est incontrôlable, sous sa frange noire de piratesse.

Les enfants, eux, l'adorent instantanément. Et, bien sûr, s'ils l'adorent, c'est parce qu'ils sentent, avec ce flair de caniche qui leur sert de super-pouvoir, que Li, *quoi qu'ils fassent* en sa présence, même s'ils se conduisent comme d'horribles crapules projeteuses de morve et renverseuses de Coca sur le magnifique tapis qu'on vient d'acheter sur Vinted, sera leur alliée.

Dans le cœur de Li, il y a trois Piliers Sacrés auxquels elle dévoue son existence, sachant que *tout le reste* peut bien aller se faire foutre :

nous quatre,

l'humour noir,

et les enfants.

Trois Piliers Sacrés qu'elle ne classerait peut-être pas dans cet ordre, d'ailleurs.

Bien sûr, je pourrais essayer de m'immiscer dans la bataille, tenter de convaincre Li qu'il n'y a vraiment rien de très grave dans cette affaire, et que le petit Lucien rencontrera sûrement des situations cent fois plus traumatisantes au cours de son existence… mais avec Li, je le sais bien, ce serait vain.

Sa colère n'a rien de rationnel. Elle trouve ses racines dans des grottes profondes, dont les reliefs doivent très probablement évoquer les traits des visages de ses parents – ou plutôt, le souvenir brumeux que ces visages ont laissé dans sa mémoire de petite fille.

Rien, absolument rien de rationnel. C'est même tout l'inverse.

– Tu sais quoi, Fleur ?

Sa voix claque comme un fouet.

– Je me tire. Désolée, mais là, je peux pas te regarder en face.

Li est déjà debout.

Elle s'en va.

Elle est…

– Mais moi non plus ! Moi non plus !!!

Li s'arrête.

Li se retourne.

Li considère Fleur, pâquerette devenue nénuphar, qui s'embourbe dans ses sanglots et hulule pour l'implorer, de toute la force de son regard mouillé, et de ses mains ouvertes, et de sa douloureuse contrition, de se rasseoir et de l'écouter.

Requête à laquelle, contre toute attente, Li cède.

Autour, nous restons mutiques – même si les coups d'œil de Cass sont presque bruyants, tant ils sont appuyés.

– Comment ça, « toi non plus » ? demande Li à Fleur.

Notre pâquerette renifle un bon kilo de morve, s'éponge les paupières du dos de la main.

– Moi non plus, je peux plus me regarder en face. Je me sens horrible. Ignoble. Je me sens dé... dégueulasse !

Ouh là. C'est presque un gros mot, ça : l'heure est définitivement grave. Fleur renifle un nouveau kilo de morve, et murmure :

– Ça fait six mois que ça dure, et...

– ÇA FAIT SIX MOIS QUE TU...

La table tangue, le bar tangue mais – miracle – Li a été assez rapide pour plaquer une main sur la bouche de Cass juste avant qu'elle n'ajoute le « *TE TAPES JOSÉ ?!* » qui aurait transformé le secret de Fleur en annonce SNCF.

Fleur est trop abattue pour s'en rendre compte. Après un dernier hululement aquatique, elle a laissé sa tête retomber lourdement. Maintenant que nous savons, nous, ses meilleures amies, le crime qu'elle a commis, elle ne se sent plus digne de nous regarder en face. Sa honte est abyssale.

Or, Fleur étant Fleur, cette honte ne peut être vécue par elle que comme une insoutenable souffrance. Une souffrance qu'elle estime mériter, qu'elle revendique quasiment, dont elle prend presque soin en dépit de ce qu'elle lui inflige.

Ce qui signifie que...

– Ça fait six mois que tu souffres, articule Lotte, synthétisant le déroulement approximatif de mes pensées en une seule Vérité Cruciale efficacement énoncée – et décuplant ainsi l'admiration que je ressens pour elle.

– Oui, répond Fleur tout bas.

Wahou. Six mois de souffrance. Tout bien considéré, je n'éprouve pour Fleur rien d'autre que de la peine. Et comme je ne nourris pas la bizarre passion de Li pour les enfants, j'avoue que je ne suis pas spécialement choquée par le fait qu'elle ait couchotté avec un jeune père.

La voix de Fleur ré-émerge de sous la cascade blonde de ses cheveux :

– Ce que vous devez savoir, c'est que je n'ai pas juste... comment dire ?... Je n'ai pas juste « couchotté » avec...

Elle rebaisse la voix et, d'instinct, on jette toutes le même regard vers le bar, au cas où José aurait compris ce qui est en train de se jouer ici (mais par chance, il est occupé à servir une tablée de rugbymen).

– ... avec José. Je suis amoureuse de lui. Je l'aime. J'aime tout, absolument tout de lui, vous comprenez ? *Tout !*

Sans quitter sa posture rigide, Li laisse échapper un tressaillement de sourcils.

Ça ne suffit pourtant pas à arrêter notre pâquerette qui, bien lancée, ruisselle :

– J'aime son rire. Sa voix. Sa douceur. J'aime le fait qu'il bégaie, même si c'est insupportable pour tous les autres – parce que je sais, moi, qu'en le laissant aller au bout de sa phrase, je trouverai des perles de beauté. Et je sais qu'il me les offrira comme un...

– OK, bon, t'es *in love*.

Ça, c'est ma contribution. Je n'ai jamais supporté Cabrel, et Fleur était clairement en train de s'aventurer sur des terres moustachues.

Fleur hoche la tête, comme pour dire, voilà, exactement, c'est ça : je suis *in love*.

Le silence repointe sa sale tête, ricochant entre Li, Fleur, et nous trois qui faisons vaguement tampon entre les deux.

On en est là, à vaciller dans ce torrent de secrets dévoilés, à se demander aussi ce qui nous arrive à toutes, aujourd'hui. La prochaine, c'est quoi ? Li qui nous révèle qu'elle est enceinte ? Lotte qui nous annonce qu'elle va se marier ? Moi qui avoue l'amour secret que je cache depuis si longtemps au fond de mon cœur, qui le tord et me torture ?

Mais à cet instant, Fleur bondit de sa chaise, telle une fusée blonde.

Elle nous toise, tremblante, avant de cogner des deux poings sur la table – les verres titubent mignonnement. Puis elle crie :

– J'aime même son FILS ! J'aime même sa FEMME ! Vous comprenez ? J'aime TOUT, TOUT, TOUT de José... et moi, je me DÉTESTE !

Là-dessus, notre pâquerette attrape son manteau sur sa chaise.

Et nous plante là.

On n'a pas le temps de réaliser qu'elle est déjà sortie du bar.

Li se mord la lèvre, et je perçois de façon très nette le long frisson qui nous parcourt toutes les quatre, glissant de l'une à l'autre et nous invitant à faire front pour encaisser le choc ensemble tant qu'il en est encore temps, nous chuchotant de réagir, là, tout de suite, en nous unissant – tiens, par exemple, en nous prenant les mains comme nous l'avons fait tout à l'heure...

Sauf que cette fois, c'est bête, on n'ose plus.

[Un homme, deux femmes]

Elle dort. Enfin, je crois qu'elle dort. Je ne discerne pas son visage dans le noir, mais j'ai l'impression de percevoir le son de sa respiration.

Oui, c'est bien ça. Je reconnais les petits bruits caractéristiques qu'elle émet dans son sommeil, comme des gémissements de plaisir.

D'un coup, je repense à ce fou rire qu'on s'était tapé avec Li, en colo, en l'entendant depuis nos lits superposés. On avait quoi, quinze ans ? L'âge où on rit à en avoir mal au ventre...

Fleur avait rougi jusqu'aux oreilles quand, au réveil, on avait improvisé un concours d'imitations de ses épanchements sonores.

– *Haaaan, oui, haaaan !*

– Arrêtez, les filles... Non, arrêtez, soyez sympas...

– *Haaaan, Fleuuuuur !*

Même si on l'adorait, on n'était pas du genre *sympas* – contrairement à elle. Alors bien sûr, on a continué.

Et Fleur, pour s'assurer de ne jamais avoir à revivre une pareille honte, s'était mise, chaque soir, à lire dans son lit avec acharnement, histoire d'être sûre qu'on s'endorme avant elle.

Et nous, bien sûr, on avait aussitôt décidé de faire la même chose qu'elle, histoire de la forcer à veiller le plus tard possible.

Maintenant que j'y pense, c'est sans doute là qu'est né mon amour de la lecture.

Ce cinglé a dû lui tomber dessus tout à l'heure, quand elle est sortie du bar. Exactement comme pour moi. Elle était si chamboulée, je ne sais même pas s'il a eu besoin de sortir son couteau. Peut-être qu'il l'a juste attrapée par le coude, en serrant fort, et qu'elle s'est laissé faire. Comment est-ce qu'elle aurait pu imaginer ?

Ensuite, il l'a assommée et balancée sur le canapé. Il n'a pas l'air très costaud, mais Fleur ne pèse pas bien lourd. Et de toute façon, avec la peur, la surprise, ça n'a pas dû lui demander beaucoup d'efforts. Putain de cinglé.

D'après ce que j'arrive à voir, elle n'est ni bâillonnée ni ligotée.

Ça veut dire que, si elle se réveille, elle peut m'aider à me libérer.

Voilà. Accroche-toi à cette idée, Seize.

Si Fleur se réveille, on trouvera un moyen de filer d'ici avant que l'autre enflure revienne.

Il faut que j'arrive à la réveiller.

Allez. Du calme. Ça va marcher.

J'inspire à fond, et je hurle dans mon bâillon :

– *Fmmmmmmmm !!!*

Je ne m'arrête qu'une fois à bout de souffle. Ensuite, il me faut une longue minute pour reprendre ma respiration. J'ai la tête qui tourne, le cœur qui bat à cent à l'heure. Tous les muscles crispés.

Dans ce silence glacé, je crois entendre mon cri se répercuter avec de longs échos. J'ai l'impression qu'il a résonné dans toute la ville.

Fleur, en tout cas, n'a pas l'air de réagir.

OK. Deuxième round.

J'inspire à fond.

– *Fmmmmmmmm !!!*

Cette fois, c'est un éclat de rire qui met fin à mon cri. C'est un miracle si je ne m'étouffe pas dans mon bâillon, et j'ai besoin d'une autre minute pour me calmer.

Bordel. C'est tellement… absurde ! Je suis en train de m'époumoner comme une dingue pour essayer de réveiller Fleur. Parce que ma survie et la sienne dépendent peut-être de notre pâquerette !

D'une certaine manière, oui, ça prête à rire.

Allez, maintenant du calme. Recommence.

Elle va se réveiller. Elle va t'entendre.

– Oooh…

Elle parle ! Elle m'a entendue !

– Oooh, José.

Mince. Elle parle, mais dans son sommeil. Elle n'a rien entendu du tout.

– José… qu'est-ce qui va… nous arriver ?

Malgré moi, je sens monter une crise de larmes – mêlées du même fou rire déréglé, irrépressible.

Et nous, Fleur ? Qu'est-ce qui va nous arriver, d'après toi ? Ce type, à ton avis, c'est plutôt le genre à se contenter de nous foutre la frousse ou à nous découper carrément en morceaux ? À moins que ce ne soit le genre qui *finit* par nous découper en morceaux alors qu'au départ, il voulait se contenter de nous foutre la frousse ? Tout simplement parce qu'il ne saura pas comment se dépêtrer de la situation de merde où il s'est mis tout seul...

Attends.

Les gars se fâcheraient tout rouge, il a dit.

Les gars.

Il n'est pas tout seul... Je ne veux même pas y penser.

Alors n'y pense pas. Concentre-toi sur Fleur. Inspire. Une, deux, trois :

– *Fmmmmmmmm !!!*

Mais PUTAIN, tu vas m'entendre ?! FLEUR ! Réveille-toi !

– *Mon amour...*

Non, non, non. Arrête avec ça et reviens parmi nous ! Sinon, tu ne le reverras sûrement jamais, ton José ! Tu comprends ?!

– *Mon amour, on doit...* Seize ? C'est toi ?

Seize.

Elle a dit Seize !

– *Fmmmmmmmm !!!*

Je m'arrête. Plus de souffle, plus d'énergie. Mais j'entends Fleur remuer sur le canapé.

On va s'en sortir.

Allez, ma grande, bouge-toi. Tu peux le faire.

– Qu'est-ce qu'on... On est où, là ?

Active, Fleur. Tu piges pas que j'ai un foutu bâillon sur la bouche ? Tu te dis pas, dans ta petite tête de linotte, que je te répondrais si je pouvais !?

– Seize ? Tu m'entends, Seize ? Tu ne dis rien ? Sophia ?

C'est à désespérer.

– Ah, mais attends... Tu ne peux pas parler, c'est ça ?

Voiiilà. C'est bien, ma chérie. Tu as compris. Lève-toi et viens me libérer. On papotera plus tard. Autant que tu voudras.

Ça y est, elle est debout. Je l'entends qui se déplace prudemment, dans le noir. Elle bute sur plusieurs obstacles, un carton, une casserole. Ce mec vit vraiment comme un porc.

– Mais quelle pagaille, ici !

Oh, Fleur. Ma chérie. Ma chérie qui parle comme une mémé.

Avance. Continue.

On va s'en tirer ensemble, tu vas voir.

– *Fmmmmmmmm*, je fais pour la guider.

– Oui oui, je t'entends, Seize. Si je trouvais l'interrupteur, ce serait tout de même... tout de même... plus – aïe – commode.

Elle galère un moment à contourner ce qui doit être une table, tâtonne, se cogne bruyamment sur les murs sans cesser de progresser dans ma direction.

Lorsque je sens sa main fraîche sur ma joue, je manque de hurler de joie. L'obscur instinct qui m'en empêche est sans doute le même qui me chuchote qu'on aura besoin de toute notre énergie, Fleur et moi, pour se barrer d'ici – et piquer le sprint de notre vie. Inutile de la gaspiller en congratulations.

Ça y est, Fleur s'active. Elle s'agenouille derrière ma chaise, trifouille mes liens. Dans un flash, je revois ce jour, en colo toujours, où la monitrice de voile l'avait engueulée parce qu'elle était infoutue de faire un nœud de chaise correct. Je me souviens du visage écarlate de Fleur, qui se confondait en excuses en promettant qu'elle allait s'améliorer, qu'elle jurait sur tout ce qu'elle avait de sacré qu'elle allait s'améliorer, si on voulait seulement lui laisser une autre chance de faire ses preuves...

Sauf qu'elle n'a jamais eu à le faire : Li s'était chargée de ses nœuds à sa place, en douce.

– Je... Je n'y arrive pas, Seize. C'est tout emmêlé ! Et j'ai la tête... qui tourne...

Évidemment que c'est tout emmêlé, Fleur ! Ce sont des *nœuds*, c'est le putain de principe !

Allez, s'il te plaît, sauve-moi ! Sauve-nous !

L'autre taré va rev...

Clic d'interrupteur. Un flot de lumière m'aveugle.

– Qui t'a permise ?

- 3 -
La plus tranchante d'entre nous

– Je sais que j'y suis allée trop fort, d'accord ?

En un mouvement de liane subitement sectionnée, Li s'affale sur la chaise que Fleur vient d'abandonner. Elle pose les coudes sur la table, soupire.

– Pas la peine d'en rajouter.

Ça, c'est du Li tout craché. Circulez, y a rien à voir. Pour peu qu'on ait voulu émettre l'amorce d'une critique sur son comportement, elle nous empêche de l'exprimer.

C'est frustrant, parfois.

De toute façon, même si on s'y était risquées, Li nous aurait à nouveau coupé l'herbe sous le pied grâce à une autre de ses spécialités, qui consiste à se tailler à elle-même un costume plus moche que tout ce qu'on aurait pu imaginer. C'est Lotte l'avocate du groupe, mais j'ai toujours pensé que Li avait d'excellentes dispositions dans cette voie.

– C'est viscéral, elle dit. Je ne peux rien y faire. Dès que ça touche aux mômes, je deviens la pire des connasses. Il n'y a plus rien qui compte, amie, ennemie, excuses, contexte. Il n'y a plus rien que le visage du gosse en larmes, et je vrille direct. Tout devient rouge, d'un rouge de métal rouillé, et j'ai ce dégoût immense qui me prend la bouche, et il faut que ça sorte, tout de suite. Il faut que je casse quelque chose, sinon j'explose.

– Quelque chose ou quelqu'un, articule lentement Lotte.

Et sa voix, tandis qu'elle énonce cette nouvelle Vérité Cruciale, me fait l'effet d'un phare perçant la brume que la fureur de Li a fait naître. Je jette à Lotte un regard discret, un regard d'admiration pure, qu'elle ne remarque pas.

– Ou quelqu'un, oui, répond Li d'un air triste.

Elle trempe, pensive, les lèvres dans sa bière.

– Je présenterai mes excuses à Fleur, ajoute-t-elle un ton en dessous.

– Bordel. José et Fleur. J'arrive pas à le croire ! dit Cass en pêchant une olive rescapée sur un coin de table. Bah, ça va s'arranger...

– J'espère, murmure Li.

C'est sans doute le fruit de mon imagination, mais j'ai l'impression de voir les yeux de Li se mettre à irradier, comme ceux des méchants dans les films Marvel. Je décide d'agir. Plutôt que de reprocher son manque de délicatesse à Cass – peut-on reprocher à une enclume de peser son poids ? –, je fais dévier la conversation vers un terrain moins dangereux.

– Et sinon, comment vont tes p'tits moutards ?

Miracle : ça marche.

Il faut dire que Li peut en parler pendant des heures, de ses p'tits moutards – les innombrables mômes qu'elle babysitte. Qu'on la lance sur le sujet et elle perd toute mesure, ainsi que toute lucidité quant à l'intérêt de son audience. Là encore, ce n'est pas rationnel, on ne peut pas lui en vouloir. Même si ça peut être sacrément pénible pour l'audience en question.

À commencer par moi. D'ailleurs, à peine Li a-t-elle entamé le récit circonstancié de la gastro de Séraphine que je prends la tangente en pensée. Réflexe de survie.

Cela fait maintenant sept ans que Li a pris sous son aile pas moins de dix-neuf gamins, disséminés d'un bout à l'autre de la ville et issus de neuf familles différentes.

Dix-neuf. La seule évocation de ce nombre me donne envie de pleurer. Dix-neuf. Dix-neuf *enfants* !

Dans le lot, il y a des petits bourgeois et des gosses de cité, des filles et des garçons, des pitchouns et des ados, des enfants uniques et des fratries complètes ; il y a ceux qu'elle récupère à la sortie de l'école, ceux qu'elle accompagne au violon le mercredi, ceux qu'elle garde le soir pendant que les parents bossent ou s'accordent un ciné pour souffler. Li ajuste son tarif en fonction des moyens des familles, connaît par cœur tous les horaires de tous les bus et de tous les métros qui circulent du matin au soir dans la ville, rassemble les mioches à des heures prédéfinies avec soin chez ses clients les plus géographiquement centraux, de manière à assurer un maximum de gardes simultanées. C'est Cass qui l'a aidée à modéliser son planning sur Excel pour gérer le cauchemar organisationnel consistant à cavaler toute la semaine d'un point à l'autre sans jamais être en retard, chose que Li jugerait « terriblement traumatisante » pour ses p'tits moutards.

Or, en matière de traumatisme, il n'est pas question pour elle de leur infliger le millième de ce qu'elle a pu vivre enfant.

Au début, on ne comprenait pas pourquoi toutes ces familles se partageaient une seule baby-sitter au lieu de se trouver chacune la leur, et acceptaient pour cela de se plier à une foule d'arrangements compliqués, comme de mettre leurs appartements en commun afin d'accueillir les gamins des autres, ou encore de se coltiner des listes de courses composées par Li en fonction des goûts de chacun des gamins en question – listes qu'elle transmet chaque samedi aux familles référentes de la semaine suivante.

À force, tous les parents se connaissent. Ils conjuguent leurs agendas et font mille efforts pour s'assurer que Li sera toujours en capacité de garder leurs gamins avec ceux des autres. Certains ont sympathisé et sont devenus amis, d'autres se contentent d'échanges polis, mais d'une façon générale, tout ce petit monde disparate s'organise étonnamment bien, les lesbiennes branchées et les cathos coincés, les prolos et les bobos, le père veuf au chômage et la business girl solo au bord du burn-out. On s'arrange, on fait des compromis, on se donne des coups de main – parce qu'on veut vraiment que ça fonctionne.

Bref, Li a réussi à créer autour d'elle un système fondé sur la paix et l'entraide comme il n'en existe nulle part sur la surface du globe terrestre.

Comment ?

Tout simplement parce qu'il n'existe *nulle part ailleurs* de meilleure baby-sitter que Li. Il n'y en a aucune, au monde, qui soit aussi soucieuse du bien-être des enfants, aussi attentive à leurs questionnements, aussi prévenante, aussi ponctuelle, aussi compétente. Tous ces parents l'ont compris, et ils sont prêts à tout pour conserver leur précieuse baby-sitter, à commencer par la partager avec d'autres familles.

En plus, ils savent pertinemment que des dizaines d'autres parents sont sur les rangs, autant de malchanceux que Li a écartés par nécessité mais qui seraient trop heureux de profiter d'un désistement pour entrer, à leur tour, dans ce système parfait.

Je suis convaincue que Li éduque ces enfants au moins autant que leurs parents ; et eux aussi, ils le savent. Sans elle, ils seraient fichus, surtout maintenant qu'elle s'est rendue indispensable à leur bonheur. Elle est devenue un pilier central de leurs foyers.

À ce compte-là, et puisque Li est si douée, on se dira peut-être qu'elle aurait mieux fait de se professionnaliser dans cette branche, en devenant assistante maternelle certifiée ou directrice de crèche, plutôt que de consacrer autant d'énergie à ce qui n'est jamais qu'un petit boulot d'étudiante, alors qu'elle a clairement passé l'âge.

Mais le nœud de l'affaire, c'est que Li n'a jamais souhaité travailler dans « le domaine de l'enfance » (une expression qui m'a toujours légèrement terrorisée). Li aime les enfants au-delà de toute raison, ça oui, mais sa véritable vocation, celle qui nourrissait ses rêves de petite fille assoiffée de revanche sur la vie, c'est la recherche scientifique.

À l'origine, elle a fait un premier babysitting pour payer le loyer de son studio. Elle venait de décrocher un BAC S avec mention très bien et entamait une prépa PCSI, dont les frais seraient assurés grâce à une bourse d'État. Vu ses aptitudes pour la chimie, il ne faisait pas trop de doute qu'elle en sortirait major à la fin de ses études. La voie royale s'offrait à elle – enfin, pour qui appelle « voie royale » un aride sentier jonché de tubes à essai et de becs Bunsen, ce qui n'est clairement pas mon cas.

Li voyait grand et visait haut. D'autant plus grand et haut qu'elle revenait de loin.

Ce qu'elle n'a pas vu venir, c'est ce soir de novembre où les parents de Gaspard, le garçon dont elle s'occupait depuis la rentrée, ont toqué à la porte de son studio. À 22h30, un dimanche. Pas pour l'engueuler d'avoir oublié la vaisselle dans l'évier, non : pour la remercier de ce qu'elle faisait pour leur garçon. Pour lui dire à quel point elle était merveilleuse, et combien ils étaient reconnaissants.

Ils avaient les yeux brillants d'émotion. Ils débordaient de sollicitude. Ils ont longuement énuméré les progrès qu'ils avaient constatés chez leur petit depuis qu'elle s'occupait de lui. Et ensuite, sans qu'elle n'ait rien demandé, ils ont *doublé son salaire* !

A-t-on déjà entendu parler, dans toute l'histoire du monde entrepreneurial, d'un patron qui aurait fait une chose pareille ? Doubler le salaire d'un employé – et, encore plus fou, d'une employée – parce qu'il serait tellement satisfait de son travail que sa rétribution lui paraîtrait soudain trop faible ?

Je ne pense pas.

Voilà, je crois, qui donne une idée du talent de Li avec ses p'tits moutards.

Le problème, c'est qu'un talent pareil, ça ne reste pas confidentiel très longtemps.

Quelques jours après la visite des parents de Gaspard, Li a reçu celle des Mouchaud, leurs voisins de palier. Ils étaient au bout du rouleau. La faute à Léonce et Achille, des jumeaux de sept ans qui n'avaient pas fait une seule nuit complète depuis leur naissance, se disputaient comme des chiffonniers, mangeaient comme quatre, parlaient comme des charretiers, et rendaient globalement cinglés tous les adultes qui avaient le malheur de les approcher.

Les Mouchaud avaient des cernes et les traits tirés. Ils étaient aux abois. Pour tout dire, ils se sont littéralement mis à genoux devant la jeune fille que Li était alors, afin de la *supplier* de prendre leurs gosses à l'essai, un mercredi après-midi, pendant une heure. « Juste une heure ! » a gémi le père. « Juste une heure ! » a murmuré la mère. Les parents de Gaspard leur avaient dit tellement de bien d'elle, et eux-mêmes avaient pu constater de leurs propres yeux combien le garçon s'était transformé à son contact... Elle ne pouvait pas leur refuser ça. Juste une heure !

Li, en vérité, a été tentée de dire non. Du fait de l'augmentation des parents de Gaspard, elle avait largement de quoi payer son loyer ; elle pouvait même nous offrir une tournée de bière par soir sans craindre le découvert qui nous menaçait toutes à chaque fin de mois, et elle n'avait pas envie d'empiéter encore sur le temps qu'elle devait consacrer à ses études...

Mais en fin de compte, elle a dit oui. Pas à cause des supplications des parents, et pas non plus à cause du mirobolant salaire horaire qu'ils lui ont proposé pour gérer leurs petits démons, mais parce qu'elle n'a pas pu résister à l'appel à l'aide que, selon elle, ces jumeaux tonitruants envoyaient au monde en torturant leurs parents comme ils le faisaient. Elle ne pouvait pas se défiler ; c'est aux enfants qu'elle le devait.

Après tout, elle n'avait pas besoin de travailler tant que ça pour rester en tête de classe...

Ça ne s'est pas arrêté là. De cours d'école en jardins municipaux, la rumeur s'est propagée plus vite qu'une pandémie à propos de cette Mary Poppins moderne qui, sans même élever la voix, parvenait à transformer les plus insupportables garnements en agneaux calmes, soigneux, disciplinés et, cerise sur le gâteau, heureux.

À mesure que les semaines défilaient, Li réduisait le nombre d'heures passées à potasser sa chimie pour s'occuper, à tour de rôle ou collectivement, de Gaspard, Léonce et Achille, Zoé, Slimane et Saïda, Apolline, Tom et Fleur, Nanouch et Ninine, Séraphine, Amadou, Enzo, Camille, sans oublier les quadruplés Léo, Léa, Théo et Théa (famille de barjos, à mon humble avis).

Ces « p'tits moutards », ainsi qu'elle les a surnommés, se sont bientôt substitués à sa vocation de chimiste - non pas pour lui offrir un autre projet professionnel, puisqu'elle ne souhaitait pas que ça en devienne un, mais uniquement parce qu'elle pensait le leur *devoir*. Ces gamins ont commencé à occuper l'essentiel de sa vie... en dehors des soirées qu'elle partageait avec nous. Elle évacuait alors la pression de la semaine en faisant la fête comme une enragée, avant de finir la nuit dans les bras d'un mec à chaque fois différent. On ne peut pas dire que Li soit du genre à rechercher le grand amour.

En revanche, elle a toujours été profondément, irrémédiablement fidèle à ses p'tits moutards. De mois en mois, d'année en année, les bébés sont devenus des enfants, les enfants des ados. En sept ans d'exercice, Li n'a manqué aucun des événements majeurs qui ont jalonné leurs différents parcours. Qu'elle ait été malade comme un chien, en dépression ou victime de la plus sévère gueule de bois imaginable, elle était là pour eux.

Ironie du sort, le plus grand des dix-neuf p'tits moutards, le dénommé Amadou, qui avait onze ans quand elle l'a pris en charge (et qu'elle continue, aussi invraisemblable que cela paraisse, à babysitter de temps à autre), intégrera en septembre une prépa PCSI - plus précisément celle que Li a dû abandonner au bout de deux ans de babysitting forcené.

- ... et là, au milieu de l'escalier, je tombe sur mon pire cauchemar.

– Une araignée ? demande Cass.

– Exactement.

– Oh, BORDEL !

Les rires de mes amies me font revenir sur terre.

Légèrement éberluée, je refais le point sur leurs visages. Elles ont le rouge aux joues, les yeux brillants. Elles sont belles, un peu soûles et pleines de joie. Même Lotte a l'air de participer à l'entrain général.

Li, au centre de l'attention, s'est détendue. Je me dis que dans une heure, elle appellera Fleur et que tout s'arrangera entre elles. On ne peut jamais rester fâchées très longtemps, nous cinq. On s'aime trop.

– Et après, il s'est passé quoi ?! reprend Cass en empoignant l'épaule de Li pour l'encourager à poursuivre.

Lotte, au même moment, lui adresse un sourire qui fait comme une fissure bienvenue sur une trop lisse statue d'albâtre.

– J'ai commencé à... Oh, mais attendez : Virginia Woolf vient de refaire surface ! enchaîne Li en m'adressant un regard énigmatique. Je vais être obligée de lui faire un résumé de ce qu'elle a raté...

Cass me balance un regard pas du tout énigmatique :

– T'as rien écouté ? T'es chiante, Seize !

– Pardon, pardon, j'étais en train...

– ... de réfléchir à ton grand roman, me coupe Cass. Sérieux, meuf, ce serait sympa d'arrêter de jouer les entomologistes avec tes copines.

Je suis surprise que Cass connaisse le mot « entomologiste », mais j'ai la présence d'esprit de ne pas le faire remarquer.

Après un bref soupir censé camoufler sa contrariété (mais qui ne fait que l'exprimer avec plus d'ostentation), Li reprend la parole :

– Je disais donc, avant que tu ne partes dans le décor, que je venais de mettre Nanouch et Ninine au lit, et que ça n'avait pas été simple – rassure-toi, je t'épargne le récit du coucher. On en arrive au moment où je descends l'escalier, pieds nus, c'est important pour la suite...

– Et tu tombes sur une araignée : OK, j'y suis. Continue.

Cass me sourit, et il me semble voir Lotte se camper dans son siège comme on le fait, au cinéma, avant la scène du baiser. Pour raconter les histoires, Li n'a pas la gestuelle de Cass, mais elle compense par une diction impeccable et un jeu de mimiques qui la rendent irrésistible.

– Vous savez que s'il y a un truc qui me paralyse, dans la vie, c'est les araignées. Mais alors, celle-là, elle était i-gno-ble. Velue, noire, granuleuse, avec une petite gueule toute ratatinée comme une sorte de caoutchouc dégueulasse, des yeux globuleux qui montaient jusque sur le front, et puis des pattes de trois kilomètres... Euuuuuurk! Une horreur.

Elle nous regarde.

– Si j'avais eu des chaussures, à la rigueur, j'aurais survécu. Mais là, je me suis vue poser le pied sur le dos de cette bestiole répugnante, et... je crois que ça m'a rendue un peu tarée. Je me suis mise à suer, d'un coup, à gros bouillons. En un clin d'œil, j'avais le dos trempé. Et je tremblais de tout mon corps, par saccades. À ce moment, je me suis dit : « Ma vieille, tu vas faire un infarctus dans l'escalier ». Et surtout, j'ai pensé aux petites...

– Forcément, sourit Cass.

– Forcément, répond Li sans saisir l'ironie. Je me suis dit que si elles m'entendaient tomber dans l'escalier, elles allaient rappliquer et me trouver étendue, inconsciente, en bas des marches. Tu imagines le traumatisme ?

– Nous ne voulons pas ça, je chuchote.

– Non, reprend Li, toujours sans saisir l'ironie.

Elle lève un index malicieux.

– C'est là que j'ai eu l'idée d'appeler Nanouch. Je savais que Ninine dormait, mais juste avant de sortir de la chambre, j'avais entendu Nanouch remuer dans son lit. Le problème, c'est que je ne voulais pas réveiller sa petite sœur... Alors j'ai mis mes lèvres en cul-de-poule, comme cha, vous voyez ?

Joignant le geste à la parole, elle nous offre le spectacle adorable de son visage tiré à quatre épingles, les lèvres formant un rond parfait et les sourcils faisant du parapente.

– Et là, j'ai commencé à pousser une sorte de looong cri-chuchotis, genre corne de brume. « *Naaaaaaa-nouch.* » Vous voyez ce que je veux dire ? « *Naaaaaaaaa-nouch.* » « *Naaaaaaaaa-nouch.* »

Elle marque une nouvelle pause. Et son air grave, hyper concentré, contraste si fort avec sa bille de clown qu'on sent le fou rire monter.

– Et elle t'a entendue ?

– Pas tout de suite, répond Li sans quitter son expression de fantôme de l'opéra. Elle a mis trois plombes à débarquer. Un vrai supplice. Pendant tout ce temps, l'araignée s'approchait ! Elle a grimpé une marche, et une autre, et moi, je continuais : « *Naaaaaaa-nouch.* » « *Naaaaaaaaa-nouch.* »

« *Naaaaaaaa-nouch.* » Et pendant tout ce temps, je marinais dans ma transpiration !

Cass nous offre un de ses éclats de rire cataclysmiques. Ça a toujours le don de me revigorer.

– Et ensuite ?

– Ben, ensuite, dit Li en reprenant son visage habituel, ça s'est fini exactement comme dans un film d'horreur. À la toute dernière seconde, alors que j'étais en train de balancer des « *Naaaaaa-nouch* » de plus en plus affolés – mais sans hausser la voix, pour pas réveiller Ninine –, et que l'araignée n'était plus qu'à cinq millimètres de mon orteil gauche, Nanouch est arrivée. Ma sauveuse ! Elle a écrabouillé l'araignée, m'a embrassée sur la joue et elle est retournée au lit. Dès que j'ai entendu la porte de la chambre claquer, je me suis écroulée. J'avais le cœur qui battait comme si j'avais échappé à un accident d'hélicoptère.

– Sérieux, tu devrais voir quelqu'un, dit Cass. C'est trop con, ce truc, enfin cette...

– ... arachnophobie, je complète.

– Oui, peut-être que je le ferai, un jour, répond Li sans avoir l'air d'y croire.

Lotte dodeline de la tête mystérieusement, puis énonce une nouvelle Vérité Cruciale :

– C'est une faiblesse qui fait partie de toi. Et c'est justement pour cette raison que tu la juges précieuse, peut-être trop pour t'en débarrasser.

Li hausse les épaules.

– On va dire ça, princesse. En tout cas, cette « faiblesse précieuse » m'a valu d'être sauvée d'une mort certaine par une fillette de neuf ans !

Elle vide son verre, comme pour se féliciter de l'avoir échappée belle. On l'imite une à une. Et on trinque en silence.

– Au fait, elle était pieds nus aussi ? demande Cass.

– Qui ça ?

– Ta gamine, là, ta Nanouch. Elle était pieds nus, vu qu'elle sortait du lit, non ?

– Oui.

Satisfaite de la réponse, Cass incruste son menton carré entre ses mains.

– Ça veut dire qu'elle a écrabouillé l'araignée alors qu'elle avait même pas de chaussons. Elle a du cran, tu l'as bien éduquée !

– Oui, concède Li, elle ira loin.

Elle ne le dit pas, mais je sais que Li pense : « *Beaucoup plus loin que moi.* »

C'est la seule chose, au fond, qui lui importe dans l'existence : que ses p'tits moutards atteignent les sommets dont elle ne peut plus que rêver. Dans la vie de Li, les mecs passeront, mais ces enfants-là resteront ; ils resteront même lorsqu'elle n'aura plus aucun contact avec eux, parce qu'ils deviendront des gens bien. Et pour cette raison, ils auront été sa plus grande réussite. La seule revanche possible pour elle sur sa propre enfance bousillée.

Ce constat me rend parfois triste pour elle, mais lui vaut aussi mon estime la plus absolue. Je me sais foutrement incapable d'une telle générosité d'âme.

[Trois hommes]

Trois hommes se dressent sur le seuil.

En premier, notre agresseur, qui vient d'ouvrir. Je le reconnais à sa silhouette chétive et à son masque de Schwarzenegger. Planté devant la porte, en pleine lumière, Terminator a rétréci au lavage ; il se tient voûté vers l'avant, une main secouant la clef à la façon d'un hochet, l'autre enfoncée dans la poche de son blouson en jean.

– Qui t'a permise ? il redit.

Permis, rectifie mon cerveau par réflexe. *Qui t'a permis, pas permise ! Pas d'accord avec le complément d'objet indirect, c'est pourtant pas compliqué !*

Derrière mini-Schwarzie, les deux autres s'avancent. Le contraste est saisissant : ils sont très grands, un bon mètre quatre-vingt-dix chacun, et habillés avec des costards qui doivent coûter une fortune. Le premier, mince et élancé, porte un masque de Sylvester Stallone ; l'autre, d'allure nettement plus massive, a choisi Bruce Willis.

– Va te rasseoir, vilaine ! jappe Schwarzie en fonçant vers Fleur.

Ma copine m'envoie un regard de détresse; c'est seulement là, en découvrant ses yeux hagards, que je comprends que le nabot ne l'a pas assommée, mais droguée. Elle a dû lutter très fort pour s'arracher à la torpeur, tout à l'heure, et je vois bien qu'elle commence à retomber dans les vapes.

Je m'en veux, d'un coup, de m'être énervée contre elle. Je ne savais pas contre quoi elle se battait. Mais c'est toujours comme ça, avec Fleur: on la croit fragile – et on a tort. Fleur est une fleur, OK, mais une fleur carnivore.

Elle titube sur place, debout, ahurie mais tenace, et je la revois s'occuper de son père durant les mois qui ont précédé sa mort. L'assurance avec laquelle elle le soutenait pour l'aider à aller aux toilettes. Son infinie patience, sa douceur déterminée. Le courage dont elle a fait preuve au fil des jours, et surtout l'amour qui l'animait pour cet homme-là, qui l'avait élevée seul – un amour qui n'admettait de sa part ni répit ni atermoiement. Je me rappelle enfin la maîtrise d'elle-même que j'ai perçue dans sa voix ce matin où elle m'a appelée pour me dire:

– Seize ? Mon père est mort. Dans son canapé, je viens de le découvrir. Tu veux bien venir ? Ça ne va pas fort.

Et j'étais venue, bien sûr. Je serai toujours là pour Fleur, et elle pour moi. On s'en sortira.

J'essaie de lui adresser un «*hmmmmm*» de réconfort, lorsque le grand Stallone se tourne brusquement vers le petit Schwarzie et dit:

– Nom de Dieu, Cyril, qu'est-ce que t'as foutu ?!

Schwarzie, qui s'appelle donc Cyril, se liquéfie sur-le-champ. Pendant que Bruce Willis referme la porte en grommelant une bordée d'injures, Stallone s'avance dans la pièce avec des airs de propriétaire.

Ce n'est pas un salon, en fin de compte ; on dirait plutôt une remise, ou un de ces box qu'on peut louer pour pas cher quand on ne sait plus où stocker son bordel. Sauf que ça a été aménagé pour qu'on puisse y vivre - enfin, y habiter.

La pièce, comme je me l'étais figuré, est envahie de cartons, de meubles et de tout un bazar de quincaillerie. Sur certains cartons, je peux lire les mots « SALE DE BAIN » (sic) tracés au marqueur, même si le seul point d'eau est un lavabo encombré d'assiettes dégoûtantes. Peut-être que ça explique l'horrible odeur de lait caillé que dégage Schwarzie...

Il y a aussi un lit de camp dans un coin, et deux plaques électriques posées en équilibre instable sur un carton floqué de l'inscription « CHANBRE » (sic sic).

Je repère même le téléphone portable de Fleur et le mien, posés sur un rouleau de câble qui fait office de table basse.

En revanche, je n'avais pas prévu les posters. Les murs sont tapissés de posters, des filles sur papier glacé en train de se faire prendre dans toutes les positions possibles et imaginables. Une véritable galerie des Glaces version porno.

Je me souviens de cette fois, quand on était ados, où on avait trouvé un magazine de cul dans la chambre du père de Fleur. Cass était là aussi. Toutes les trois, on avait passé un temps fou à feuilleter le magazine, à la fois captivées et au bord de l'écœurement.

À un moment, on était tombées sur le poster central, une vulve écartée par deux doigts en gros plan. Fleur avait fait sa grimace de bourgeoise qui fait trempette dans une piscine de merde, et elle avait murmuré :

– Mais qui peut avoir l'idée d'afficher ça chez soi ?

Eh bien, on a la réponse.

Ligotée à ma chaise, je la regarde à travers mes lunettes embuées. Ses boucles blondes chiffonnées par la position qu'elle a prise en dormant sur le canapé. Ses grands yeux de biche qui implorent, qui hurlent d'effroi, qui ne comprennent pas. Sa pâleur qui fait ressortir ses taches de rousseur. Ma jolie Fleur, qui n'a jamais fait le moindre mal à personne, qui s'évanouirait à la seule idée de nuire à quelqu'un…

Là, debout face à lui, elle domine Schwarzie d'une bonne tête. Il a beau s'être posté devant elle en gardant les poings serrés, il n'en mène pas large. Je me dis que s'il avait été seul, on aurait sûrement réussi à renverser la situation, Fleur et moi. On se serait appuyées l'une à l'autre, on aurait écrasé ce minable.

Mais Stallone et Bruce Willis sont d'un autre calibre. Rien qu'à sa façon de se mouvoir, il ne fait aucun doute que Stallone est le chef de ce sale petit trio. Quant à Bruce Willis, qui marche derrière lui en marmonnant, il se comporte comme un garde du corps. D'ailleurs, sa carrure confirme l'hypothèse.

– T'es vraiment débile, mon pauvre Cyril, dit Stallone en marchant jusqu'à Schwarzie.

– J'ai pensé…

– Tais-toi, abruti. Tais-toi. J'ai pas du tout envie de m'énerver, mais je ne vois pas bien comment on va pouvoir éviter le bain de sang, là.

Au mot « sang », je vois Fleur blêmir.

Stallone l'a vue aussi, apparemment. Il lève une main en signe d'apaisement.

– C'est une expression, bichette. Personne ne va te faire de mal, ni à ta copine. Il faut juste qu'on trouve le moyen de réparer les conneries de Cyril avec… disons, avec doigté. Sans mauvais jeu de mots, ha ha !

Il rit de sa blague pourrie pendant un moment qui me semble interminable, reprend enfin :

– Ce que j'essaie de vous dire, Mesdames, c'est qu'on n'a pas très envie que vous alliez faire vos pipelettes chez les flics, une fois sorties d'ici. Je suis certain que vous pouvez comprendre ça, non ? La situation est un peu délicate. Mais on va trouver, on va trouver.

Il s'arrête, et je devine qu'il sourit sous son masque, d'un air de connard sûr de lui.

Il se tourne vers Bruce Willis.

– Pas vrai qu'on va trouver ?

– Carrément, répond Bruce Willis.

Et ils se marrent ensemble, comme deux guignols. Au trémoussement qui le secoue, j'ai l'impression que Cyril fait mine de se joindre à eux.

D'un coup, Stallone semble s'apercevoir de ma présence.

– Ah ouais, quand même. Le bâillon, la chaise... Tu t'es fait un trip *Silence des agneaux*, mon salaud !

Il a balancé ça à Cyril, mais c'est moi qu'il soupèse du regard. Et je n'aime pas du tout ce regard, qui éclaire d'une lueur rusée le faciès bovin de ce Rambo en latex.

– Hé là, du calme, ma puce !

Avec un empressement surjoué, il s'agenouille devant moi. Il sort un mouchoir de la poche de sa veste de costard, me tamponne les joues. Je comprends alors que, sans même m'en apercevoir, je me suis remise à pleurer.

– Là, ma puce, tout va bien... *Le Silence des agneaux* c'est un film, hein... C'est pas la réalité, on redescend sur Terre, là !

Il y a quelque chose avec sa voix. Quelque chose qui me chatouille désagréablement les cordes vocales et qui me donne encore plus envie de chialer. Exactement comme quand, gamine, je voyais mon père essayer d'avoir « une conversation » avec moi, et que je savais que j'allais très vite avoir la chiale, sans qu'il ne dise rien de méchant ou de brutal, non, c'était juste dans sa voix, cette sorte de *préoccupation contrariée* qu'il avait de moi, le souci que je lui causais parce que j'étais trop rondelette, trop « tête de linotte », pas assez ambitieuse selon ses critères de réussite à lui, ancrés, irréfutables.

Ça arrivait en quelques secondes, dès les premiers mots qu'il prononçait, une chatouille horrible des cordes vocales qui commençaient à chauffer, à chauffer, et plus je retenais mes sanglots, plus je sentais que tout allait sortir en torrents, surtout que mon père s'en rendait vite compte et qu'il avait l'air absolument affligé par ce chagrin inexplicable – idiot – que je manifestais ; et moi, je me maudissais de lui infliger ça.

Inévitablement, ça finissait par le fameux torrent de larmes, et tout ça faisait penser à mon père, le pauvre (parce qu'il ne l'a jamais dit, mais pensé, si) que vraiment, c'était la croix et la bannière d'avoir une conversation, une simple conversation avec moi.

– ... en dehors de la performance d'Anthony Hopkins, tu n'es pas d'accord ?

Je réatterris, pour me rendre compte que Stallone est en train de pérorer. Sans doute depuis un petit bout de temps. Il ne s'est même pas aperçu que je n'écoutais pas.

– Ce que je veux bien admettre, c'est que ce film raconte quelque chose de pertinent sur son époque. Ça, oui, je veux bien l'admettre. Les serial killers, le *profiling*, toute cette mode qui a envahi les écrans pendant une bonne décennie, ça n'a rien d'anodin, à mon avis. Je veux dire, on entrait dans les années 90 et, concrètement, on commençait à trouver que les monstres avaient du style, qu'ils pouvaient même – allez, je ne veux pas te choquer mais il faut dire le mot : qu'ils pouvaient même être *sexy* !

Mais... qu'est-ce qu'il raconte ?

Pourquoi il ne me libère pas ?

– Si, si, sexy, j'assume le terme ! Comment tu qualifies le lien entre Hannibal et Jodie Foster, toi, sinon d'*érotique* ? Évidemment, ça aurait été plus crédible s'ils n'avaient pas pris une gouine pour jouer le rôle... Enfin, bon, ça n'était pas de notoriété publique à ce moment-là, d'après mes souvenirs. Peut-être que la prod n'en savait rien.

Il se redresse d'un bond vif, fourre les mains dans les poches de son pantalon, comme en promenade. Dans l'élan, il bifurque vers Fleur qui le contemple sans bouger, une expression de stupeur sur le visage.

– Bah, je ne sais pas..., il dit en s'adressant maintenant à elle. C'est compliqué. Remarque, ça l'était quand même un peu moins qu'aujourd'hui. Le producteur n'avait pas à craindre de se retrouver avec un procès au cul sous prétexte qu'il avait *suggéré,* dans son film, une relation de séduction entre un tueur en série et une fliquette plus jeune que lui. Il n'y avait pas ces conneries post-#MeToo, et je te jure qu'on ne s'emmerdait pas à se demander si l'héroïne avait autant de répliques que le héros. Il n'y avait pas toute cette rhétorique merdique de pleureuses pour nous gâcher le plaisir de la seule chose qui compte, au final : le spectacle, nom de Dieu ! Le spectacle !

Mains dans les poches, son buste oscillant très légèrement d'avant en arrière, il garde les yeux braqués sur Fleur, qui reste immobile au milieu de la pièce. Et puis d'un pas lent, très pesant, il se met à marcher vers elle.

En la faisant reculer à chaque pas.

Il continue de la faire reculer jusqu'à ce qu'elle se retrouve coincée, les mollets plaqués contre le canapé.

Alors il sort les mains de ses poches, et il les pose sur les épaules de Fleur. Elle pousse un petit couinement de terreur.

– Assieds-toi, voyons.

D'un geste ferme, sans brutalité mais sans aucune hésitation, il appuie sur ses épaules jusqu'à ce qu'elle se retrouve assise sur le canapé. Elle commence aussitôt, sous l'effet de la drogue, à s'affaler sur les coussins, prête à sombrer à nouveau. Je ne sais pas si Stallone l'a remarqué aussi. Je ne sais pas à quoi il joue.

– Là, c'est mieux, il dit. Tu me fatiguais à rester debout.

Il remet ses mains dans ses poches.

Bien qu'il me tourne le dos, je suis sûre qu'il sourit.

- 4 -
Comme une fissure bienvenue sur une trop lisse statue d'albâtre

Il faut que je parle de Lotte, maintenant. Et ce n'est pas facile, pour moi. C'est même tout le contraire de facile. C'est délicat, bizarre, inadéquat, tortueux. Éprouvant.

Parce que Lotte m'a toujours tellement troublée.

En sa présence, sous le feu bleu de ses yeux d'elfe, je dis souvent n'importe quoi. Ma gorge s'enroue, ma tête tourne, mon cœur s'emballe, mes tripes se tordent – et moi, je dois m'efforcer de rassembler en catastrophe tous ces morceaux de moi qui se font la malle.

Pour dire un peu qui est Lotte, je dois m'évader du bar, m'extraire de nos histoires de meufs, m'évader aussi de mon corps et me concentrer fort, puis m'avancer sur le devant de la scène, en pleine lumière, nue et fière.

Et me lancer.

Car Lotte ne se raconte pas, elle se chante.

Je l'aimerais sûrement encore mieux que je ne le fais si elle était moins belle, et bien des fois j'ai eu envie de lacérer son visage pur de mes ongles même pas vernis, pas soignés, rongés sur le bord droit.

Elle et moi, on a fait du chemin côte à côte ; on se connaît depuis toujours. Je l'ai rencontrée avant Cass et Li, sur lesquelles j'ai buté au début du collège, et même avant Fleur, avec qui je faisais de la danse classique en CE2 (à côté d'elle, je ressemblais à une courge butternut en tutu).

Lotte, c'est cette fille blonde qui a marché jusqu'à moi le tout premier jour de la toute première école.

Je venais de faire une timide entrée en maternelle, et je n'osais parler à personne.

Son visage à elle n'exprimait pas de peur, ni d'ailleurs aucune émotion. Quand ses yeux bleus se sont posés sur les miens – juste avant qu'elle ne me prenne la main d'un geste non négociable, nous consacrant ainsi irrémédiablement amies –, j'ai noté que ses pupilles avaient seulement tressailli d'une lueur intriguée.

C'est cette lueur-là, en vérité, qui m'a fait succomber.

Et c'est cette lueur-là que je traque depuis ce tout premier jour, dans les silences de Lotte, dans les soupirs de Lotte, dans les quelques mots que Lotte daigne parfois prononcer.

J'ai menti, avec mon histoire de doigts de la main, quand j'ai dit que Lotte était la moins utile de nous cinq. C'est faux, bien sûr. Si nous formions une main, Lotte serait à la fois la paume de la main dans laquelle je veux me blottir, le dos de la main où je veux poser mes lèvres, et le tranchant de la main que je rêve de sentir glisser sur mon cou dans un interminable baiser. Et si vraiment elle devait se contenter d'un seul rôle, ce serait l'annulaire, afin que je la ceigne d'un serment métallique d'amour et de fidélité.

Oui, Lotte est si parfaite qu'elle parvient même à me pousser, moi, dans le lyrisme le plus gnan-gnan.

Il faut dire que c'est rare, un tel amour, et je ne le sais que trop ; rare et précieux comme une parole de Lotte.

Si je ne détestais pas autant Cabrel, je dirais que j'aime Lotte à mourir. Parce que j'en crève bel et bien, de cet amour à jamais tu, étant donné que jamais, jamais, jamais je ne lui en dirai rien.

Je souffrirais bien trop si, comme je le redoute, elle me repoussait.

Est-ce qu'elle a deviné ? Est-ce qu'elle se doute ? On ne sait jamais ce qu'elle pense, et jamais je ne lui poserai la question. Oh, non. Elle me fascine depuis trop longtemps pour que je me risque à faire une connerie pareille ! Cela reviendrait à raconter à quelqu'un la fin d'une blague six mois après l'avoir amorcée, sans raison ni contexte.

Cela n'aurait pas le moindre sens et ne nous mènerait nulle part, si ce n'est plus loin l'une de l'autre ; or je refuse d'envisager une vie loin de Lotte.

Alors, cachée derrière mes lunettes rondes, mes histoires et mon mauvais esprit, je tais l'amour qui me crame.

Je ne crois pas que Cass, Fleur et Li l'apprécient tellement. En tout cas, elles ne l'aiment pas autant qu'elles m'aiment, ni bien sûr autant que je l'aime, elle.

Ce n'est pas étonnant : Lotte n'est pas spécialement aimable. Elle ne dit presque rien, elle exprime peu de choses. Il ne faut pas compter sur elle pour proposer une dernière tournée, et ce n'est sûrement pas elle qui s'écriera, à deux heures du mat', alors qu'on commence à bâiller et à se dire qu'il faudrait rentrer : *Allez les filles, merde, il est pas tard ! On va danser quelque part !?*

Elle ne fait pas beaucoup d'efforts.

Cass, Fleur et Li ne l'apprécient pas tellement, non, mais elles s'y sont habituées : pour être avec moi, il fallait prendre Lotte avec, elles l'ont compris sans que j'aie eu besoin de rien dire.

Et tant mieux, parce que s'il avait fallu parler, comment est-ce que je m'en serais tirée ?

Voilà comment nous avançons côte à côte, Lotte et moi, évoluant en équilibristes chevronnées sur la crête d'un long et inextricable malentendu. Depuis toutes ces années.

Des meufs, j'en ai eu, des mecs aussi. Je suis du genre partageuse, et pas toujours regardante, surtout quand j'ai bu – ce qui arrive souvent.

Souvent je suis rentrée au bras d'anonymes, feignant de prêter l'oreille à leurs propos décousus dans les dédales de rues qui nous menaient à mon appartement ou au leur, puis feignant de jouir de leurs caresses alors que c'étaient celles de Lotte que je voulais, et ses mots que j'aurais espérés, et son nom que j'aurais rêvé de chuchoter dans l'étreinte.

Ensuite, je m'endormais contre les corps tièdes de ces amants et amantes de passage, seule avec mon secret.

C'est comme ça. J'ai compris il y a dix ans, un certain jour d'été – j'en avais seize, comme mon surnom – que cela ne se produirait jamais ; je me suis donc acclimatée.

Je ne sais pas si Lotte a remarqué comment, à compter de ce jour précis, je me suis contrainte et assagie en sa présence. Comment mes regards se sont parés d'un voile d'indifférence, à quel point mes gestes sont devenus calculés.

Cela m'étonnerait beaucoup, car je crois bien que Lotte, pas plus qu'elle n'exprime de sentiments, n'a guère l'habitude de s'intéresser aux gens. Elle est souvent *ailleurs*, comme moi mais pour des raisons tout à fait différentes : je m'abstrais à force d'observer les autres pour mieux les raconter, elle divague parce que le monde extérieur l'ennuie. À vrai dire, je suis persuadée que son monde intérieur lui suffit amplement. Elle pourrait fort bien s'en contenter.

En définitive, je me demande pourquoi elle reste avec nous.

Mais le plus étonnant reste qu'elle m'ait choisie, moi, ce tout premier jour de la toute première école. Pourquoi moi ?

Pour une raison ou l'autre, je l'ai intéressée... intriguée, oui. Et puisqu'elle m'a adoubée, mis le grappin dessus, ce tout premier jour, il est apparemment établi que je devrai la suivre jusqu'au tout dernier jour de nos vies.

Ou jusqu'à ce qu'elle se marie. Ce qui ne devrait pas tarder : dans le cabinet d'avocats d'affaires où elle défend les intérêts des compagnies pétrolières les plus dégueulasses, Lotte est – paraît-il – considérée comme une prise de choix. Et je crois aussi, même si ça me désole, que si elle fait semblant d'en être agacée, la vérité est que l'attention de ses puissants confrères la flatte, et qu'elle attend seulement que, de cette meute de jeunes loups cravatés, le plus fort se distingue.

Alors c'est lui qu'elle adoubera.

C'est sur lui qu'elle mettra le grappin.

En attendant ce jour, elle nous honore aimablement de sa présence. Elle s'ennuie avec une infinie patience au milieu de nous. Et moi, je tremble à l'idée de le voir arriver, ce jour fatal qui emmènera Lotte loin de ma vie.

– Seize ? Allô la Terre, on bouge.

La voix de Li m'arrache à Lotte, me ramène au Cosmo. Elle est en train de ranger son téléphone portable dans son sac. Cass, debout, met son blouson.

– Où est Lotte ? je demande, par réflexe. On bouge où ?

Cass envoie un clin d'œil à Li.

– Toujours sympa, les fins de soirées avec toi ! T'as qu'à lui faire le résumé, Li, je vais régler l'addition. C'est mon tour.

Li se lève, enfile son manteau, me fait signe de l'imiter.

– OK. Dans l'ordre : Lotte est sortie fumer une cigarette, elle revient.

– Ah, cool.

– T'inquiète pas, elle allait pas se tirer sans te dire au revoir, ta Reine des neiges…

Je tressaille, terrifiée à l'idée d'être démasquée – mais Li a dit ça, je crois, sans arrière-pensée. À moins qu'elle ne joue bien la comédie. Mais, de fait, elle joue très bien la comédie, je l'ai déjà constaté plusieurs fois. Après tout, elle a l'habitude de s'occuper d'enfants ; ça lui a nécessairement donné des aptitudes dans ce domaine, ne serait-ce que pour pouvoir les supporter.

– Et pour répondre à ta deuxième question, continue Li, on s'est dit qu'on allait rentrer. José va fermer, et puis je me sens mal à cause de ce qui s'est passé avec Fleur. J'ai essayé de l'appeler, elle répond pas.

Je me lève, j'attrape mon manteau sur ma chaise. Comme toujours quand je me suis « absentée » un peu trop longtemps, je m'efforce de me rattraper en montrant à mon amie que je suis là pour elle, et concernée par ce qu'elle traverse ; impliquée.

– Ça va s'arranger. Tu sais quoi ? À mon avis, elle est couchée et elle a mis ses boules Quiès, c'est tout.

Li se fige.

Sourire sous la frange noire.

– Fleur met des boules Quiès pour dormir ?

Je souris en retour.

– Oh que oui. Elle dit que les klaxons l'empêchent de s'endormir, et qu'elle a besoin du silence complet pour « entrer dans son refuge mental ».

– Quel amour, s'attendrit Li.

J'ajoute à voix basse :

– Ne le répète pas, mais elle met aussi un bandeau sur les yeux. Tu sais, le truc des mémés, là ? Parce que sinon, la lumière la gêne. Même quand il fait noir.

– Non ?! s'exclame Li en éclatant de rire.

– Pourquoi vous rigolez ? demande Cass.

– Pour rien, je dis. On parle de Fleur qui est vraiment, vraiment une petite mémé.

– C'est vrai, répond Li. Mais… c'est notre petite mémé.

On se regarde toutes les trois, complices. Cette fois, je suis convaincue que tout va s'arranger. Fleur va se réveiller au milieu de la nuit parce que sa dispute avec Li sera venue s'immiscer dans son *refuge mental,* elle découvrira les nombreux appels en absence, et peut-être même qu'elle trouvera le courage de rappeler Li sans avoir peur de la « déranger à une heure aussi tardive ».

Comme pour me conforter dans ce bel élan d'optimisme, Lotte revient pile à cet instant et m'envoie un sourire absolument somptueux, un de ceux que je cherche si souvent – en vain – à voir naître.

Et ce sourire me reconduit vers la joie pure et simple d'être en vie, parmi mes amies et à portée de mon amour secret.

Oui, tout va s'arranger, je pense.

Confiante, je sors du bar. J'ai un peu d'avance sur les filles, elles veulent passer aux toilettes avant de rentrer. Moi, j'ai une vessie de cheval.

Au fond, c'est cette aptitude à me retenir de pisser qui m'a perdue… Tout ça pour finir avec les cuisses trempées, dans un local crasseux, à la merci d'une bande de malades.

On a le destin qu'on peut.

– Je vous attends dehors ! je crie en franchissant la porte.

Une fois dans la rue, j'inspire à fond l'air frais du soir. Mon esprit est à mille lieues de redouter un danger. Il chantonne, mon esprit, cet imbécile.

Et maintenant ?

Où sont mes amies ? Comment est-ce qu'elles ont réagi en voyant que j'avais disparu ?

Est-ce qu'elles sont inquiètes ? Qu'est-ce qu'elles font ?

Est-ce qu'elles me cherchent ?

Par pitié, faites qu'elles me cherchent.

Acte 2

- 1 -
Une fille parfaitement ronde

La plupart du temps, je ne sais pas bien quand les choses sont censées être drôles. L'une des filles – Li ou Sophia – prononce une phrase qui s'avère être une blague, et d'un coup, un éclat de rire de Cass me frappe les tympans. Au même instant, je vois la figure de Fleur se tordre dans cette sorte de grimace assez laide qui, chez elle, exprime l'amusement. Et je comprends qu'il faut rire.

Une inspiration, puis je me lance.

La plupart du temps, j'ai vu juste. J'atterris pile quand il faut dans le concert de rires qui se déchaîne autour de moi. Mais il m'est arrivé de me tromper, parce que Fleur s'apprêtait simplement à éternuer, par exemple. Je me suis alors retrouvée seule, à rire de mon rire programmé, au milieu du groupe perplexe. Sous le regard de Sophia.

Dans ces moments-là, il m'est difficile de leur expliquer pourquoi je ris. Heureusement qu'elles n'insistent jamais. Je redoute parfois d'être découverte. Je redoute que les filles se rendent compte que je fais semblant, sans arrêt, avec elles, dans le seul but de rester auprès d'elles – auprès de Sophia.

Ce ne serait pas très problématique si cela ne concernait que les phrases qui sont censées être amusantes. Mais je dois admettre qu'il arrive très fréquemment que je ne sache pas non plus quand il convient de pleurer, de se réjouir, ou bien de se mettre en colère – je veux dire, plus globalement, de s'émouvoir.

Là, tout de suite, je le sais : il faut s'inquiéter.

Il faut s'inquiéter pour Sophia.

– Alors ? demande Cass à Li, d'une voix que je qualifierais de *tracassée*.

– Alors, ça sonne dans le vide.

– Putain.

Cass est capable d'exprimer toute sa vie avec des « putain ». Elle peut les décliner sur des gammes entières pour traduire la fureur, le chagrin, la joie, le désir ou le dépit. Je trouve cela tout à fait déroutant. À sa manière, Cass est une artiste. Moi non, mais je sais reconnaître l'art lorsque j'en vois, parce que je sais me servir de mes yeux.

– Et Fleur ? reprend Cass.

– Pareil, répond Li. Ça fait quatre fois que j'essaie.

– Putain !

– Bon, je ré-essaye Seize. Elle n'a pas pu disparaître !

Li a raison : Sophia n'a pas pu disparaître. Il y a des gens qui disparaissent, c'est vrai. Ils s'éclipsent du jour au lendemain. Ils s'en vont bâtir une autre vie loin de ceux qui les connaissaient depuis toujours, sans les prévenir. Justement parce qu'ils ont la conviction que ce n'est qu'en s'extrayant de leur entourage proche qu'ils pourront renaître à une existence nouvelle – libérée de toute entrave.

Ce n'est pas le genre de Sophia.

Je connais très bien Sophia. Je la connais mieux que personne.

Précision : il n'est pas question que je l'appelle « Seize ». D'abord parce que je n'ai jamais vraiment compris le sens de ce surnom. Je crois savoir que cela se réfère à une marque de bière, et Fleur a plusieurs fois tenté de m'expliquer que cela avait aussi un lien avec les résultats scolaires de Sophia au lycée. Mais dans les deux cas, je ne vois pas du tout le rapport avec Sophia. Je veux dire, avec ce que Sophia est.

Ensuite, parce que d'une façon générale, je n'aime pas les surnoms. J'aime que les choses soient nommées comme elles doivent l'être. Or, les gens ne sont pas très différents des choses.

– Lotte, tu penses à quelque chose ?

Je sursaute, prise en flagrant délit. « En flag », comme dit Cass qui aime écourter les mots. Rapidement, je me recompose un visage neutre. Maman m'a toujours dit de faire attention à ce que cela ne se voie pas, quand je cogite.

Parce que sinon, ma grande, tu devras parler aux gens de ce que tu avais en tête. Et la plupart du temps, les gens ne comprendront pas.

– Je… À quoi veux-tu que je pense ?

Technique de la question-riposte. Elle permet d'éviter que l'interlocuteur insiste, lui-même se retrouvant acculé par une interrogation qu'il n'avait pas vue venir. C'est un autre enseignement de ma mère. Et je trouve que c'est une bonne technique.

En l'occurrence, cependant, il semblerait que je me sois méprise sur le sens de la question de Li. Je la vois froncer les sourcils, signe qu'elle va reformuler sa phrase d'une manière différente, afin que je saisisse plus clairement son propos.

– Non, enfin, tu as une idée d'où elle pourrait être ?

– ...

– C'est quand même toi qui la connais le mieux.

Je ne devrais pas, certainement pas, mais je rougis : ces dix mots – onze en comptant l'apostrophe – sonnent à mes oreilles comme une récompense.

Je connais Sophia mieux que personne. C'est un fait. C'est un fait indubitable. Li adore les jeux de mots et quelque chose me dit que celui-là, « indubitable », serait du pain béni pour elle. Mais cela n'empêche pas que ce soit bien un fait indubitable. Ni que ce fait indubitable me réjouisse infiniment.

Je connais Sophia mieux que personne et cela me fait rougir qu'on le sache. Il n'y a pourtant pas, en soi, de quoi en tirer un motif de fierté... Connaître Sophia, contrairement à tout le reste, ne m'a jamais demandé d'effort. Il se trouve que Sophia m'est aussi aisément lisible que je lui suis – ainsi qu'à tout le monde – opaque.

Je veux dire par là que je vois Sophia comme en pleine lumière. Tout le temps. Quoi qu'elle dise, ou pense, ou fasse. Et ce, malgré l'énergie considérable qu'elle emploie à se cacher derrière un complexe maillage de plaisanteries et de traits d'esprit.

C'est comme ça depuis notre rencontre. Le jour de notre entrée en maternelle.

Mes souvenirs ne sont pas tout à fait aussi clairs qu'ils pourraient l'être, dans la mesure où ma mémoire n'a commencé, précisément, à consolider ses fondations qu'à partir du *lendemain* de ce jour.

Je ne sais pas si le phénomène biologique a un rapport avec ce qui s'est produit ce matin-là – le moment où j'ai vu Sophia pour la première fois. Mais j'ai tendance à penser qu'il y a un lien. J'ai tendance à croire que la première vision que j'ai eue de Sophia, tout en m'assurant une connaissance d'elle absolument limpide, a permis à ma mémoire de petite fille d'enclencher son processus d'édification. Sédimentant ses racines, rigidifiant ses arborescences. Inaugurant son ère de plein rendement.

Si mon hypothèse est juste, cela signifierait que cette première vision de Sophia a joué en moi le rôle d'un courant électrique alimentant un ordinateur. Lequel, une fois mis en charge, se serait aussitôt auto-formaté de façon à devenir opérationnel.

C'est un fait indubitable qu'à partir de ce jour, je n'ai plus jamais rien oublié.

– Merde, on va quand même pas appeler les flics ! Ça fait dix minutes. Si ça se trouve, elle est tombée sur Fleur et elles sont dans le métro, à l'heure qu'il est… Mais qu'est-ce qui lui a pris de se tirer comme ça ? Merde, ça se fait pas !

– Cass, arrête de paniquer.

– Je panique pas, bordel !

– Tu deviens de plus en plus grossière. C'est ce que tu fais quand tu paniques.

Je hoche la tête afin d'appuyer les propos de Li. Il est vrai que quand Cass commence à perdre le contrôle d'elle-même, elle substitue à son habituel « putain » une palette bien plus riche de jurons. Lesquels traduisent sans doute mieux l'état d'égarement dans lequel elle patauge.

Cass ne cherche pas à répliquer. Je vois à son regard hagard qu'elle commence bel et bien à s'affoler, et je crois deviner qu'elle aimerait avoir un mur à défoncer à coups de poing. Mais on ne peut pas défoncer l'incertitude.

Incertitude qui, je l'admets, commence également à m'agiter.

Où sont-elles passées ?

Où est Fleur ?

Où est Sophia ?

Où est Sophia ? Où est Sophia ? Où est Sophia ? Où est Sophia ? Où est Sophia ? Où est Sophia ? Où est Sophia ? Où est Sophia ? Où est Sophia ?

Où est Sophia ?

– Répondeur, dit Li en rempochant son portable. OK ! Ça devient officiellement flippant. Je pense qu'on devrait...

À cet instant, j'ai une de mes *intuitions*. Je les appelle comme ça : mes intuitions. Même si je ne peux jamais savoir à l'avance où elles vont me conduire, j'ai pris l'habitude de m'y fier. Bien qu'elles ne relèvent pas du domaine rationnel, elles restent pour moi un point de repère cent fois plus solide qu'un *sentiment*, par exemple. Elles ont souvent fait leurs preuves.

Je relève le menton avec une ostensible fermeté, de manière à capter l'attention de mes deux amies.

– Il faut qu'on retourne au bar.

J'ai déjà pu constater, à mon grand étonnement, qu'elles ne contestent jamais ce que je dis. C'est le cas cette fois encore ; elles se contentent d'acquiescer. À croire que, l'idée venant de moi, il faut nécessairement en tenir compte.

Sans hésiter, elles foncent vers le Cosmo.

Ça m'a fait comme un éblouissement. De la voir, cette toute première fois, sur le seuil de notre classe de maternelle. Je n'emploie pas le mot dans un sens romantique, ou même figuré. Je ne parle pas du vertige de Roméo découvrant Juliette au milieu de la foule et se disant, brusquement, qu'avant de la voir il ne connaissait pas la Beauté Véritable.

Je parle d'un *véritable* éblouissement. Concret, effectif et réel, qui a frappé mes pupilles de petite fille à la seconde où je l'ai vue. Je parle d'un phénomène d'ordre physique, possiblement chimique, qui m'a attirée vers elle.

Elle portait déjà des lunettes, et ses cheveux raides ressemblaient beaucoup à ceux qu'elle malmène si souvent, aujourd'hui, en les tordant dans des coiffures impossibles ou en les dissimulant sous des couvre-chefs de toutes sortes. D'une façon générale, elle avait de nombreux traits communs avec ceux qui la définissent aujourd'hui aux yeux du monde. En revanche, elle était *toute ronde*. Je ne veux pas dire par-là qu'elle était un peu boulotte, ou enrobée – même si, de fait, elle l'était.

Ce que je veux dire, c'est qu'elle était *parfaitement* ronde. Au sens géométrique du terme. Et c'est cela qui a provoqué mon éblouissement. Sophia formait une sphère parfaite, composée d'une multitude de sphères et de cercles parfaits.

Ronde, ronde, ronde partout, depuis les verres de ses lunettes jusqu'au moelleux de ses pommettes, jusqu'au dessin de ses oreilles. Sans oublier ses yeux, d'un marron très brillant. Ses yeux grands ouverts sur le monde qu'elle ne comprenait pas. Et qui l'effrayait.

J'ai marché vers elle et, tout en m'activant sur mes petites jambes, irrésistiblement attirée par la lumière qui émanait de cette fille parfaitement ronde, j'ai soudain perçu ce qu'elle voyait au lieu d'une simple classe de maternelle remplie d'enfants qui piaillaient, fouillaient dans des caisses pleines de cubes ou pleuraient au bras de leur mère. Sophia voyait une pièce sombre, qui abritait des silhouettes menaçantes.

Sophia avait peur et il fallait la protéger.

– Lotte, qu'est-ce que tu branles !? Tu te ramènes, oui ou merde ?

Je reviens à moi. Plantées devant le Cosmopolite, Cass et Li me scrutent d'un air que je qualifierais de consterné. J'ai sans doute passé plusieurs minutes à cogiter. La disparition de Sophia m'agite décidément beaucoup. Sans doute les filles se demandent-elles ce qui m'arrive. Elles ont beau avoir l'habitude de me voir *m'absenter* de temps à autre, il semblerait que je sois particulièrement prompte, depuis que Sophia a disparu, à laisser mon esprit s'épuiser et se disséminer en vaines divagations.

Vaines, puisqu'elles ne sont d'aucune aide pour retrouver Sophia.

Puisque Sophia, qui n'aurait jamais dû disparaître – surtout pas avant que j'aie eu le temps de lui dire ce que j'ai à lui dire –, a disparu.

Puisque Sophia a disparu.

Puisque Sophia a disparu.

Il semblerait que je sois sous le coup de ce qu'on appelle un *état de choc.*

*

– F-f-f-f-f-leur...

– Respire, José, putain.

– F-f-f-f-...

– Respire ! Tu te calmes, tu inspires et tu nous réponds : est-ce que tu sais où elle est ? Bordel, c'est pas compliqué !

– F-f-f-f...

– On s'en tamponne, de votre histoire de cul à la con ! On n'est pas là pour ça, tu piges ? On veut juste savoir où sont passées nos copines !

Le comportement de Cass est absolument paradoxal. Elle exhorte José au calme, alors qu'elle-même est tout sauf sereine. La preuve : elle a refermé les poings sur le col de la chemise du pauvre garçon, qu'elle secoue d'avant en arrière.

José émet une série de couinements inarticulés, jusqu'à ce que Li pose une main sur l'épaule de Cass, dans le but de l'apaiser.

– Laisse-le répondre, tu vois bien que tu l'étouffes.

Il n'y a plus personne dans le bar, à part nous : José était sur le point de fermer.

Li prend la parole :

– On est inquiètes, José. Tu sais bien qu'on n'est pas du genre à paniquer, mais là, c'est vraiment flippant. Fleur est injoignable. Elle a disparu. En soi, ça n'a rien d'alarmant, elle a très bien pu rentrer chez elle et éteindre son téléphone, ou bien le perdre. Seulement...

– Sophia a disparu !

Leurs regards atterrés convergent dans ma direction. Il semblerait que j'aie crié.

Cela m'arrive très rarement.

Je m'empresse de me composer un visage neutre, et je dis :

– Sophia a disparu. Elle aussi. Elle ne répond pas à son téléphone. Elle non plus. C'est inquiétant.

José acquiesce lentement, dans le but de me faire comprendre qu'il a compris. J'acquiesce à mon tour, mais beaucoup plus rapidement, dans le but de lui faire comprendre que chaque minute compte. Sophia a disparu et je n'ai pas eu le temps de lui dire ce que j'ai à lui dire depuis si longtemps.

Sophia a disparu. Sophia a disparu.

José pince les lèvres et il inspire, signe qu'il va prendre la parole. Afin de l'inviter à accélérer le rythme, je pince les lèvres et j'inspire à mon tour.

Technique du mimétisme incitatif. Elle a souvent fait ses preuves : l'interlocuteur, se sentant imité, s'empresse généralement de parler, afin de dissiper le sentiment de gêne qu'il éprouve face à son imitateur.

Li m'envoie un regard intrigué que je m'emploie à ignorer. Chaque minute compte.

– J-j-j-e n'-n'-n'...

– Oui. On t'écoute, l'encourage Li.

– J-j-j-j-j-je...

– On t'écoute. Prends ton temps. L'important, c'est que tu nous dises ce que tu sais.

– J-j-j-j-e...

– Ça va pas le faire, grogne Cass.

Li lâche un court soupir qui laisse entendre qu'elle est d'accord avec Cass.

Moi aussi, je suis d'accord. Ça ne va pas « le faire ».

Tout à coup, José hoche la tête d'un mouvement plus rapide que la fois précédente, ce qui annonce un changement de tactique.

Décision exécutée de façon assez spectaculaire. Il plonge sous le bar, fouille dans un tiroir et resurgit devant nous, équipé d'un bloc-notes et d'un stylo.

Il rédige quelques phrases sans détacher son poignet de la feuille, et sans nous quitter du regard. Nous lisons dans ses yeux une puissante détermination. Je n'en suis pas certaine, mais cela peut donner à penser qu'il est très attaché à Fleur.

Il arrache la page recouverte de son écriture brouillonne et la tend à Li.

Je ne sais pas où est Fleur. On n'avait pas prévu de se retrouver ce soir.

C'est très inquiétant qu'elle ne réponde pas au téléphone : elle n'éteint jamais son portable. Elle dit qu'elle a trop peur qu'il arrive quelque chose de grave et qu'elle ne soit pas là pour agir à temps. Sa plus grande hantise, c'est de se réveiller un matin à côté de son portable éteint, de l'allumer et de découvrir que l'une de vous est morte à l'hôpital suite à un accident de voiture, alors qu'elle aurait pu être prévenue à temps et donner son sang pour vous sauver. Je lui ai souvent dit que ça ne se passait pas comme ça, surtout que son rhésus sanguin (A+) est assez commun, mais vous savez comment elle est.

Est-ce que vous avez appelé la police ? Il faut appeler la police. Je ne sais pas ce qu'elle vous a dit exactement à propos de nous (j'ai deviné que vous en aviez parlé tout à l'heure, même si je ne suis pas intervenu parce que j'avais des clients et que je ne voulais pas risquer d'embarrasser Fleur), mais je l'aime.

Je l'aime, vous comprenez ?

J'aime Fleur de tout mon cœur, et je suis prêt à tout pour elle.

Dites-moi comment je peux vous aider.

S'il vous plaît.

En établissant le rapport entre le volume de texte produit et le temps employé pour le faire, rapport qui témoigne d'une vitesse d'exécution peu commune, un constat s'impose : José nourrit un intense besoin de communication.

– On n'a pas encore appelé la police, répond finalement Li en repliant le mot de José. Mais tu as raison, je crois qu'on va devoir le faire.

Elle range le bout de papier dans la poche arrière de son jean.

Au cabinet où je travaille, nous ne faisons pas les divorces, cependant je peux tout de même affirmer que ce document, bien que ne possédant pas en soi de véritable valeur juridique, pourrait faire peser la balance dans le sens de l'épouse de José s'ils en venaient au procès.

Je constate que Li plisse les yeux; c'est ce qu'elle fait quand quelque chose la met très en colère. Elle dit à José :

– Merci pour ta proposition mais on va se débrouiller. Je pense que tu devrais t'occuper un peu moins de Fleur, et un peu plus de ton môme.

– Li, putain ! tonne Cass.

Le visage de José s'empourpre.

– J-j-j-j-je... n-n-n-ne t-t-t-e p-p-p-p-perm-m-m-...

– Laisse tomber, d'accord ?

Et Li le plante là.

Sophia m'a confié un jour que Li avait été abandonnée par ses parents. Les deux. Mais pas en même temps. D'abord son père. Et ensuite sa mère. La répétition exacte de l'expérience, à trois ans d'intervalle, semble avoir été particulièrement traumatisante pour la petite fille qu'était alors Li.

– Les enfants, pour elle, c'est ce qu'on appelle *un sujet délicat*, m'avait dit Sophia.

Je me souviens de son visage concerné alors qu'elle prononçait ces mots. Sophia souffrait pour son amie, à la seule *idée* de ce que celle-ci avait traversé. Alors, moi aussi, je m'étais efforcée de compatir ainsi que le faisait Sophia.

Sophia a disparu. Sophia a disparu. Sophia a disparu.

On s'apprête à ressortir du bar lorsqu'un flash me frappe le haut du crâne, juste sur la tempe droite. Quand cela se produit, c'est généralement qu'un souvenir resté coincé dans une case décide d'en sortir, comme un prolongement d'une intuition. Le phénomène va généralement de pair avec un bref éblouissement.

Il y avait un homme dans le bar, tout à l'heure, qui regardait Sophia. Il la regardait d'une façon beaucoup trop insistante. Cela ne m'a pas plu et j'ai voulu dire quelque chose, mais à cet instant, Cass a renversé toutes nos bières en tapant des deux poings sur la table.

À présent, je revois cet homme de façon tout à fait précise.

Il regardait Sophia comme s'il savait *qui elle était*.

Et comme s'il lui en voulait *personnellement* de quelque chose.

Je me fige.

Li et Cass me fixent, José relève la tête. Je ferme les yeux pour convoquer l'image de l'homme qui regardait Sophia, et j'énonce, sur un ton et à un rythme aussi mesurés que possible :

– Un homme. Très petit, très maigre, pâle, avec des cheveux noirs et gras, une longue mèche qui lui tombe sur le front et une moustache clairsemée. Il était au bar tout à l'heure. Est-ce que cet homme t'a parlé, José ?

Après m'avoir écoutée avec une attention notable, José fait une chose que j'ai souvent constatée au tribunal, quand on demande aux témoins s'ils se rappellent avoir vu quelque chose ou parlé à quelqu'un. La plupart du temps, ils commencent par répondre trop vite, sans avoir pris le temps de faire réellement appel à leur mémoire, tout désireux qu'ils sont de « bien faire ».

Mais parallèlement à cela, leur cerveau s'emploie à chercher la réponse à la question qui lui a été posée. Et comme le cerveau des gens est plus intelligent qu'eux, il les rattrape toujours au moment précis où les mots allaient sortir de leur bouche.

Ce qui suscite cette grimace familière – bouche semi-ouverte, sourcils froncés, narines frémissantes – qu'affiche justement José.

Il n'essaie même pas de prendre la parole. Avec des gestes rapides mais un peu moins efficaces, car plus nerveux, que la fois précédente, il attrape son bloc-notes. Ses yeux ne quittent pas le papier tandis qu'il écrit.

Il est venu au bar, on a discuté un peu.

C'était la première fois qu'il venait. Il m'a dit qu'il bossait comme pion dans un collège, qu'il avait besoin de se vider la tête le week-end et qu'il aimait l'ambiance ici. Ensuite, il m'a demandé à quoi ressemblaient les habitués – et c'est là qu'il a dirigé la conversation sur Sophia. Sur le coup, je n'y ai pas fait attention.

Li a un hoquet de stupeur. Je la prends de vitesse, parce que chaque minute compte et qu'il faut employer celles dont nous disposons à poser les bonnes questions plutôt qu'à s'étonner :

– Qu'est-ce qu'il a dit ? Et qu'est-ce que tu lui as dit sur Sophia ?

José serre les doigts sur son stylo, puis gribouille à toute allure, au point de rendre son écriture difficilement déchiffrable :

Il a montré votre table du doigt et il m'a demandé si elle n'était pas connue, cette fille, parce que son visage lui disait quelque chose.

J'ai répondu qu'elle était journaliste.

Il a dit : « Ah, ça doit être pour ça ». Et il est parti.

[Trois hommes, deux femmes]

Stallone tape dans ses mains.

– Bon, les filles ! Avant toute chose, que ce soit bien clair dans vos petites têtes : vous-n'ê-tes-pas-en-dan-ger.

On dirait vraiment qu'il s'amuse, ce connard. Je ne sais pas pourquoi il joue à ça au lieu de nous libérer, je ne sais pas ce qu'il a en tête ni s'il a un plan précis… Je constate simplement qu'il a l'air de s'amuser comme un petit fou. C'est limite s'il ne se met pas à danser, debout face à Fleur qui somnole dans le canapé. Il gigote d'un pied sur l'autre, il s'agite. J'ai l'impression qu'il s'excite.

– Vous êtes les victimes d'un simple malentendu. L'ami Cyril…

Il fait volte-face pour désigner Schwarzie, qui se ratatine dans son coin.

– … s'est un peu emballé.

Et dans la foulée, ça me frappe : tout ça n'est qu'une comédie. Sa façon de gesticuler, et puis de marcher subitement dans ma direction en prenant une posture décontractée, les mains dans les poches de son pantalon de flanelle – ou je ne sais quel tissu de trader débile –, sa voix gentiment chantonnante... tout ça, c'est du flan. Il brasse de l'air, il occupe l'espace. Il ne sait absolument pas ce qu'il va faire de nous.

– Toi, ma grande, tu ne me crois pas, hein ? Je le vois à ta manière de me regarder. Ouh là là, mais arrête ! Si tes yeux étaient des Uzi, je finirais en charpie, haha !

Sans cesser de glousser comme un crétin, il tend la main vers mon visage – et il réajuste mes lunettes sur mon nez.

– Là, c'est mieux, il dit.

Arrête, putain.

Arrête de faire ça. Arrête de te foutre de nous. Libère-nous, laisse-nous partir !

J'ai beau savoir que ça ne sert à rien, je hurle ces mots dans mon bâillon. Mais je commence à me dire que, même s'il pouvait les entendre, ils n'auraient pas plus d'effet. Alors je me force à penser à quelque chose qui m'aidera à tenir...

Je convoque le visage de Lotte. Il m'apaise mieux que des larmes.

Adossé à un mur, Bruce Willis a croisé les bras dans sa posture de vigile pour regarder son boss faire le show.

Stallone claque soudain des doigts, comme s'il venait d'avoir une inspiration géniale.

– D'abord, Cyril va vous présenter ses excuses. C'est bien ça que vous voulez, non? Des excuses. On passe notre vie à ça, ces derniers temps. Pardon pour Weinstein, même si, personnellement, je n'y suis pour rien. Pardon pour Darmanin, pardon pour DSK, pardon pour Polanski, pardon pour PPDA, pardon pour Depardieu, même si la présomption d'innocence existe et même si, là encore, je ne suis absolument pour rien dans les actes répréhensibles – oui, je les réprouve tout autant que vous, soyons clairs – qu'ils auraient soi-disant commis...

Il s'arrête, pose la main sur la bouche de son masque.

– Mais je m'égare.

Il tourne la tête à se dévisser le cou vers Schwarzie.

– CYRIL ! Ramène-toi.

Tel un lombric happé par un hameçon, Schwarzie se raidit. Exactement comme s'il était tiré par un fil de pêche, il se traîne jusqu'à Stallone, qui l'attend, souriant sous son masque. Je sais qu'il sourit. Je n'ai aucune info sur ces types, aucune idée de ce qu'ils nous veulent, mais je sais que Stallone sourit.

Dans son coin, Bruce Willis hoche la tête avec une lenteur particulièrement inquiétante.

– Cyril, déclare Stallone, je veux que tu présentes tes excuses à ces dames.

En réponse, le mini-Schwarzie baisse la tête et – incroyable mais vrai – croise les mains derrière son dos, comme un petit garçon. L'odeur de lait caillé se fait plus forte.

– Je m'excuse.

Mon Dieu. *Je m'excuse.* Rien ne m'aura été épargné.

Fais pas trop la maline, Seize.

Ces gars-là sont très probablement capables de faire bien pire que des fautes de grammaire.

Même si celle-là est particulièrement énervante.

Stallone laisse ses doigts pianoter dans l'air avant de reprendre la parole :

– Tu t'excuses, Cyril. Bon. Mais de quoi tu t'excuses ? Ces dames ont besoin de savoir. Et après, on les laissera rentrer chez elles. Elles ont sûrement des collages féministes à préparer et des articles à écrire pour se délester de toute cette charge mentale que le patriarcat leur met sur les épaules. Humour, Mesdames, humour, on ne s'excite pas !

On est à mille lieues de s'exciter, connard. Fleur remue un peu dans son canapé. J'ai l'impression qu'elle mobilise une énergie dingue juste pour rester parmi nous. Je ne sais pas avec quoi l'autre avorton l'a droguée, mais ça a l'air puissant. Et moi, je suis tout sauf excitée : j'ai les cuisses poisseuses, je suis terrifiée et de plus en plus furieuse. Je veux me tirer d'ici, putain. Laissez-moi partir, bande de cinglés !

– Ben, je m'excuse pasque… pasque je les ai enfermées ici. C'est pasque la première, j'ai cru que c'était l'autre, et après j'ai…

– Oui, bon, voilà, merci, Cyril ! On a compris l'idée générale. Tu les as enfermées, donc, après en avoir drogué une et avant de ligoter l'autre. Et d'après toi, est-ce que c'est le genre de choses que fait un gentleman ?

Il se tourne vers Bruce Willis, qui grommelle :

– Carrément pas.

Schwarzie baisse encore un peu plus la tête.

– Je voulais juste… C'est pasque t'as dit qu'on devrait « marquer un grand coup », à cause de l'article, et aussi plus largement, au vu de la situation actuelle et de ses incessantes dérives… alors j'ai pensé…

– On ne te demande PAS de penser !

Stallone esquisse le geste de se recoiffer, avant de se rappeler qu'il porte son masque. Le coup de sang a dû ébouriffer son brushing.

– Évite de trop t'épancher, s'il te plaît. Réponds simplement à ma question : est-ce que c'est le genre de choses que fait un gentleman ?

– Euh... Non ?

Stallone acquiesce d'un air exaspéré, comme un prof face à un élève particulièrement lent.

– C'est ça. Voilà ce que je voulais entendre. Allez, je considère les excuses comme convenablement présentées et formulées ! C'est bon pour vous, Mesdames ? Excuses acceptées, on passe l'éponge ?

Une nouvelle volte-face, presque un entrechat – il a vraiment l'air de s'amuser, ce salaud. Ensuite, une courbette dans ma direction, puis dans celle de Fleur. Ça semble lui suffire pour considérer qu'on est d'accord.

La bonne nouvelle, c'est qu'on va peut-être pouvoir s'en tirer saines et sauves...

Peut-être.

– Bien, le spectacle est terminé. Vous avez sûrement deviné que notre ami Cyril ne s'appelle pas Cyril, et à part « trois types avec des masques d'acteurs américains », je ne pense pas que vous ayez grand-chose à retenir contre nous. Sans compter qu'aucun mal ne vous a vraiment été fait, nous sommes d'accord là-dessus ? Alors...

Il lève l'index comme un avocat en plaidoirie.

– Alors, si vous pouvez me promettre que vous n'irez pas faire vos pleureuses au commissariat le plus proche, je pense que nous allons être en mesure de vous libérer. L'une après l'autre, cela me semble plus prudent.

À cette seconde précise, il se passe quelque chose. Je suis comme frappée par un flash lumineux, un truc fulgurant, qui éclot au fond de mon cortex et vient buter sur le coin de ma tempe gauche. Ce qu'on appelle un éclair de compréhension.

Je repense au moment où il a dit qu'on avait sûrement *plein d'articles à écrire.*

Je repense au moment où il a dit qu'un *gentleman* ne fait pas ce genre de chose.

Et brusquement, je me rends compte que je sais qui sont ces types.

Le CGEC : Club des Gentlemen En Colère. Je le sais parce que j'ai écrit un article sur eux, le mois dernier, pour dénoncer leurs pratiques dégueulasses, et pour mettre à jour les connexions qui existent entre eux et plusieurs factions d'extrême droite – et le soutien très discret que leur apportent plusieurs groupes financiers. C'est cet article-là qu'a évoqué Cyril, entre deux bégaiements.

La spécialité de ces types, ce sont les réseaux sociaux, où ils sont extrêmement actifs, entre désinformation organisée à grand renfort de bots, retweets automatisés et cyberharcèlement intensif contre toutes celles qui oseraient l'ouvrir un peu. Mais ils aiment bien aussi les « coups d'éclat », comme les entraves directes aux manifestations féministes, et toutes sortes d'intimidations orchestrées de façon anonyme mais toujours très aisément identifiable.

Une de mes sources m'a même confié que parmi les dirigeants du CGEC, il y avait des hauts-fonctionnaires, des avocats d'affaires, des hommes politiques...

Mon article a pas mal circulé. Il m'avait même valu un début d'ébauche de compliment de ma chère Bavette Sanglante, tout heureuse du petit buzz sur les réseaux sociaux.

Petit buzz ayant également suscité une avalanche de vannes de la part de mes amies, qui m'ont surnommée « Élise Lucet » pendant toute une semaine.

Le vendredi suivant, une vague rumeur concernant le divorce de Beyoncé a relégué mon enquête dans les limbes d'Internet.

Le CGEC. Gentlemen, tu parles. Des putains de masculinistes mâtinés de suprémacistes blancs. Des tarés obsédés par leurs privilèges qui ne supportent pas l'idée de partager leur pouvoir, leurs places dans les cabinets, les conseils d'administration et les comités de direction. Des frustrés qui trouvent urgent et crucial de nous réapprendre à être de « vraies » femmes, des femmes à séduire, des femmes à prendre, des femmes sans tatouages ni diplômes. Un boys club en mode enragé.

OK. Je les connais et je pourrai facilement les retrouver et les identifier, je le sais.

Un frisson me parcourt à cette idée. Je m'efforce de le réprimer...

... mais le problème, c'est que j'ai oublié à quel point j'étais lisible pour certaines personnes.

Lotte, par exemple, est capable de deviner la moindre de mes pensées avant même que je ne l'aie formulée. Cela fait partie des choses qui me la rendent très spéciale.

Elle n'est pas la seule, apparemment.

Il faut croire que je suis aussi un livre ouvert pour Stallone. D'un coup, je le vois se tendre des orteils aux épaules et planter ses mains sur ses hanches, comme un playboy au bord d'une piscine :

– Bon, cette fois, je crois que tu as deviné qui on est.

Une comédie. Tout ça n'est qu'une comédie. C'est pour ça qu'il remplissait l'espace avec du vide : il voulait juste me percer à jour pour évaluer précisément le danger que je pouvais représenter pour lui.

Tandis qu'il s'avance vers moi, je me mets à secouer la tête comme une furie. *Non. Non. Je ne sais rien. Je n'ai rien vu ! Je ne vous connais pas !*

Ces mots, je les hurle dans mon bâillon ; mais là encore, je sais bien qu'ils n'auront pas le moindre effet sur lui.

Lotte, je pense. *Lotte, viens me sauver.* Et ces mots-là, tout à la fois, m'anéantissent et me redonnent de la force pour résister.

Après m'avoir laissée me débattre pendant de longues secondes, Stallone se penche au-dessus de moi, puis il chuchote à mon oreille :

– Ne te fatigue pas, va. Tu ne pensais pas que j'allais te relâcher sans t'avoir sondée un minimum ? Vu que notre ami Cyril a fait de la merde, il faut bien que je répare ses bêtises. Il y a trop d'enjeux, tu comprends.

Il s'écarte et murmure, en me fouillant du regard :

– Maintenant, je suis fixé.

- 2 -
Notre amour

Cass et Li parlent avec la police.

José est avec elles. Je me demande quelle excuse il trouvera pour justifier, auprès de son épouse, d'avoir fermé aussi tard. Ça ne me regarde pas ; je me pose la question par pure curiosité.

La curiosité, pourtant, ce n'est pas mon genre.

Mais il est indubitable que je ne suis pas dans mon état normal. D'habitude, je ne fume jamais plus de trois cigarettes dans une journée ; or, j'en suis à ma quatrième en trente-trois minutes. C'est-à-dire le temps qui s'est écoulé depuis que les policiers sont arrivés. J'ai rapidement obtenu d'eux l'autorisation de sortir pour fumer. Ils voyaient bien que je ne leur serais d'aucune aide, et je voyais bien que cet entretien ne menait nulle part.

Comment pourraient-ils retrouver Sophia ? (Et Fleur, il ne faut pas que j'oublie Fleur.) Comment le pourraient-ils ? Ils n'ont pas assez d'indices et il est clair qu'ils ne sont pas du tout assez intelligents. Je suppose qu'on nous a envoyé les agents disponibles à cette heure de la nuit. Les affaires criminelles ne font pas partie de mon rayon d'action juridique, mais je sais reconnaître un cerveau affûté lorsque j'en vois un, et ce n'est pas le cas de ces trois jeunes gens – une femme et deux hommes. Ils ne disposent tout simplement pas des ressources nécessaires pour retrouver Sophia. Sophia et Fleur.

J'allume une cinquième cigarette.

En regardant la fumée s'élever juste entre mes deux yeux dans l'air glacial, je me répète que nous sommes en train de perdre de précieuses minutes.

Alors que j'en ai déjà perdu tellement. C'est cela, au fond, qui m'empêche de réfléchir correctement à ce que nous devrions être en train de faire pour retrouver Sophia. (Sophia et Fleur.)

C'est surtout ce constat qui m'obsède : *je n'ai pas eu le temps de dire à Sophia ce que je devais lui dire.*

Et désormais, il est peut-être trop tard.

Il m'est très difficile de le reconnaître, mais je suis tout simplement victime du paradoxe le plus banal qui soit. Je n'ai pas trouvé le temps de parler à Sophia parce que, en fait, je croyais – bien stupidement – que, du temps, j'en avais à revendre. J'ai donc remis au lendemain. Je voulais attendre que Sophia soit *prête*.

Non. Je voulais attendre que nous soyons toutes les deux prêtes.

Non. Ce que je voulais surtout, c'est que ce jour-là – le jour où je lui dirais les mots qu'elle attendait depuis toujours – soit absolument parfait.

Voilà dans quel sens j'entendais les mots « être prêtes ». Comme pour une réception, une fête. Quand tout a été pensé à l'avance, dans les moindres détails, et minutieusement préparé. Quand tout est effectivement parfait.

Alors, on n'a plus qu'à s'asseoir pour profiter du moment.

C'était idiot de ma part, et j'en étais consciente. Cependant, à chaque fois que je pensais : « Maintenant, vas-y ! », quelque chose m'arrêtait. On était si près, si près du moment parfait. Si près. Ç'aurait été dommage. Ç'aurait été une forme de gâchis. Pourquoi ne pas attendre un peu ? Juste encore un peu ?

Après tout, nous n'étions pas pressées.

Notre amour si fort, si singulier, pouvait bien supporter un délai supplémentaire.

Une pensée m'est particulièrement désagréable. Elle m'oppresse les tempes de la même façon que la fumée de ma cinquième cigarette me brûle la gorge. Un soir, tout récemment, j'ai failli le faire. J'étais à un cheveu de me lancer.

La soirée n'avait pourtant rien d'exceptionnel. Je veux dire par là qu'elle n'avait pas débuté différemment des autres soirées au Cosmo. Cass criait, Li grinçait, Fleur couinait. Sophia se faisait attendre ; elle me manquait. Par instants, j'entendais une phrase qui me semblait sonner comme une blague, ou bien je notais le signe d'une hilarité à venir, et je comprenais qu'on allait rire.

Une inspiration, puis je me coulais dans l'élan général. Je n'avais pas d'efforts à faire pour me caler sur le rythme du groupe : il y a des soirs comme ça où ces choses me sont étonnamment faciles. Sans heurts, j'appréciais l'habituelle musique que notre groupe faisait entendre. Je ne m'ennuyais que très modérément.

Et puis, Sophia est arrivée. En retard, comme toujours. Les cheveux en désordre, les lunettes de travers. Comme toujours. Étant donné qu'elle s'applique scrupuleusement, depuis un certain jour de nos seize ans, à me camoufler les sentiments que je lui inspire – par peur, très probablement, de ma réaction –, je veille à l'observer uniquement quand je suis sûre qu'elle ne me regarde pas. J'estime lui devoir cette espèce de faveur.

J'ai profité de ce qu'elle faisait la bise à Li pour m'attarder sur ses joues rondes, ses épaules rondes, ses fesses rondes qu'elle posait sur une chaise à côté de moi. *In extremis*, j'ai fait dévier mon regard lorsqu'elle a braqué le sien dans ma direction.

– Hé, salut, elle m'a dit.

Sa voix s'était parée de ce chuchotement rauque qui, d'après ce que je crois comprendre, est censée exprimer un intérêt modéré envers la personne à qui il s'adresse tout en insinuant à l'intention de cette personne, pour peu qu'elle sache y prêter l'oreille, une invite qui pourrait éventuellement être interprétée comme étant d'ordre érotique, sinon amoureux ; sensuel à tout le moins.

Toute cette pantomime m'a toujours paru prodigieusement complexe, mais je crois avoir appris à la décrypter, à force d'observation.

Je savais donc très bien ce que faisait Sophia quand elle me disait : « Hé, salut » de cette voix rauque et chuchotante ; elle voulait se donner l'impression de me traiter avec une indifférence courtoise en me laissant toutefois la possibilité (si j'en étais capable, ou digne, ou les deux) d'éventer son stratagème. Puis de percer sa défense. Puis de lui dire ce que nous savons toutes les deux depuis que nous sommes toutes petites sans nous l'avouer : notre amour – si fort, si singulier – n'attend pour éclore qu'une chose : que nous soyons enfin prêtes à le vivre.

Non, la soirée n'avait rien d'exceptionnel ni de très original. Jusqu'à cette seconde, après le « Hé, salut » de Sophia, où ses yeux se sont mis à luire d'un éclat inédit. Elle a tapé trois fois dans ses mains rondes, et elle a dit :

– *Gran nuova, gran nuova !*

Cela signifie « Grande nouvelle, grande nouvelle ! » C'est le début d'un aria célèbre dans l'opéra *Rigoletto*. Quand elle est de très bonne humeur, Sophia accuse une légère tendance à la pédanterie.

Mais il se passait effectivement quelque chose, nous le sentions toutes. Quelque chose qui justifiait un peu de pédanterie. J'ai compris alors que l'éclat inédit dont les yeux de Sophia luisaient était dû à un sentiment qu'elle éprouve, de fait, assez rarement. La fierté.

Un grand sourire de fierté s'est étiré sur ses lèvres.

– Devinez qui signe « le coup de gueule du vendredi », cette semaine ?

– Putain ! a crié Cass.

– Tu déconnes ? a grincé Li.

– C'est fantastique ! a couiné Fleur.

Je t'aime, Sophia, ai-je pensé.

Ce sont les mots que j'aurais voulu prononcer. Les mots que j'ai failli lui dire. Ils sont venus se percher tout en haut de ma poitrine, juste sous ma gorge, et il m'a fallu un effort extrême pour comprimer ma trachée afin de les empêcher de sortir. Je crois que si j'avais tardé un tout petit peu plus à réagir, je me serais retrouvée à hurler dans le bar :

– Je t'aime, Sophia ! Je t'aime ! Je t'aime, Sophia !

Moi, hurlant dans le bar notre amour – si fort, si singulier, si longtemps tu. Moi qui n'élève presque jamais la voix.

Je me rappelle avoir souri en pensant à la façon dont Li, Cass, Fleur auraient réagi. Et Sophia, surtout Sophia. J'imaginais le sourcil tordu de Li, la bouche ouverte de Cass, les yeux exorbités de Fleur. Et la face merveilleusement ronde de ma Sophia qui, pour une fois, serait restée sans mot. Ma Sophia qui aurait été éblouie jusque dans sa langue, son cœur et son sexe.

Peut-être qu'elle aurait fondu en larmes, ou plaqué les mains sur ses lèvres comme pour se bâillonner. Ou bien…

C'est seulement à cet instant-là que je me suis rendu compte que, puisque j'étais en train d'imaginer ce qui se serait passé au cas où j'avais parlé, cela signifiait que les mots n'étaient pas sortis à temps. Et que, par conséquent, le moment était passé.

– … mouvement mascu, mais alors, un enfer. Les dirigeants organisent carrément des sessions de coaching sur Internet pour apprendre à des pauvres gars complètement largués à se comporter comme de « Vrais Mecs », tu vois le genre ? Et bien sûr, ça coûte une blinde !

La voix de Sophia remontait à la surface à mesure que je revenais à moi.

– Attends, tu veux dire qu'ils font des tutos ? *Apprends à dompter Bobonne en dix leçons,* ce genre de truc ?

La voix de Li.

– Exactement.

– Mais quelle horreur !

La voix de Fleur.

– Putain de malades.

La voix de Cass.

– Et encore, ça n'est que la partie émergée de l'iceberg, a répondu Sophia. Le pire, c'est les moyens de pression dont ils disposent pour agir concrètement. Dans les médias, et même auprès du gouvernement. Ils ont des liens avec...

– En parlant d'iceberg, a coupé Li.

Elle s'est tournée vers moi.

– Lotte, tu pourrais peut-être féliciter Sophia, non ?

J'ai compris que c'était une blague, mais une blague doublée d'une allusion désagréable à *mon manque d'investissement amical.*

Cela m'a confirmé ce que je venais de penser : le moment était passé. Il n'était plus parfait, puisque sur le visage merveilleusement rond de Sophia, j'ai vu apparaître ce petit pli que je connais bien et qui signifie qu'elle est vexée, ou meurtrie, ou apeurée.

Comme je déteste faire naître ce genre d'émotions chez Sophia, qui est très prompte à se laisser ensevelir par ses émotions, je lui ai concédé un sourire et j'ai dit :

– Félicitations, Sophia. C'est formidable.

Je me rappelle qu'elle m'a paru, sur le coup, assez médiocrement convaincue.

– Lotte ? Lotte, bordel !

Cass. Qui d'autre pourrait me broyer l'épaule d'une simple pression des doigts ?

Je fais le point sur son visage. Ses sourcils froncés. Ses yeux affolés. Il m'est souvent arrivé de me demander comment ce serait, de vivre aussi intensément que Cass.

Ma conclusion a toujours été que c'était sans doute épuisant.

Derrière elle, je vois Li qui sort du bar et nous rejoint d'un pas rapide.

– Sérieux, les mecs : une formation traitement de texte, ce serait pas du luxe. Trois heures pour taper « disparition inquiétante » sur son ordi. Avec deux doigts !

Elle pose une main sur mon bras et, malgré moi, je sursaute.

– Excuse-moi, dit-elle en reculant, car elle connaît ma réticence au contact. Ça va ? Comment tu te sens ?

Je mets un peu de temps à comprendre, non pas le sens, mais la finalité de sa question. Finalement, je dis :

– Ça va. Je crois que ça va.

Et puis, comme les minutes sont précieuses et que nous n'avons absolument pas le loisir d'en perdre plus à dire des choses inutiles, j'enchaîne :

– Ils ne les trouveront pas.

À mon grand étonnement, elles acquiescent encore une fois à ma remarque.

– Clairement, c'est pas des flèches, grogne Cass.

– Faut dire qu'on n'a pas grand-chose sur ce type... Ils essaient de faire un portrait-robot d'après les indications de José, mais entre le temps qu'il met à faire une phrase et celui qu'il leur faut pour la taper, on n'est pas rendues. Et puis, à mon avis, s'il s'en est pris à Sophia, on ne le trouvera pas en train de se promener dans les rues.

Je hoche la tête tout en synthétisant les informations énumérées par Li.

À mon sens, Li présente l'atout d'être la plus directe, la plus *efficace* d'entre nous.

– Que sait-on sur cet homme ? je demande.

– Qu'il est moche, répond Cass du tac au tac.

– Qu'il avait l'air d'en vouloir à Sophia, dit Li.

– Qu'il a une vie de merde, ajoute Cass.

Malgré moi, je laisse un soupir d'irritation m'échapper. Ce genre de remarque ne nous mènera nulle part. Ce n'est pas constructif. Je murmure :

– Cass, je pense que ce genre de remarque ne...

– Attends !

Li a de nouveau posé une main sur mon épaule. Étant donné la situation d'urgence dans laquelle nous nous trouvons, je réprime le frisson qui court sur ma nuque et lui fais signe de continuer.

– Il bosse dans un collège.

– Et alors ? demande Cass.

En réponse, Li tord la bouche dans ce sourire qu'elle affiche quand elle sait quelque chose que tout le monde ignore.

– Alors, meuf, j'ai un doigt dans tous les établissements scolaires de cette ville. Je vais appeler mes p'tits moutards.

*

Par bonheur, Li n'a pas à téléphoner à chacun des enfants qu'elle babysitte, puisqu'elle a récemment pris l'initiative – sur le conseil de Cass, à ce qu'il semblerait – de créer un groupe WhatsApp judicieusement intitulé « Les P'tits Moutards » afin de pouvoir les contacter en cas d'urgence.

C'en est une.

Le signalement du suspect produit dans un premier temps peu de résultats probants.

Déso, Li-chette, ça me dit rien du tout… (Slimane)

Clairement pas dans mon collège. On a un pion super cheum, mais il pèse deux cents kilos. (Théo)

@theo Tu veux dire Godzilla ? (Théa)

@thea Grave !! Aka La Baleine ! (Théo)

Les enfants. (Li)

Pardon, Lili-Belle. (Théo)

Pardon, Lili-Douce (Théa)

En dehors du fait que chacun des enfants que Li babysitte lui attribue un surnom différent, et qu'elle fait preuve d'une autorité impeccable, nous n'apprenons rien d'intéressant... jusqu'à ce que se produise quelque chose que l'on pourrait presque qualifier de miraculeux :

Putain, c'est Adolf ! (Amadou)

AMADOU ??? (Li)

Déso, Li-Loulou ! Tout le monde l'appelait comme ça, au collège. Ça date, mais je m'en souviens parce que ce type est une légende, à Alexandre-Dumas. (Amadou)

Tu te rappelles son vrai nom ?
(Li)

Non, ça fait un bail, tu sais... sans compter que je ne suis même pas sûr de l'avoir connu. On l'appelait tous Adolf, à cause de sa mèche et parce que ce type était un vrai c... Bref. Peut-être que vous pouvez aller demander au directeur demain matin ? (Amadou)

Li relève la tête au-dessus de son portable, affligée. Elle sait comme moi que demain matin, ce sera trop tard. C'est alors qu'une notification fait vibrer son téléphone.

Venez chez moi. Je devrais pouvoir vous trouver ça.
(Enzo).

Li nous offre alors, comme un présent inespéré, le retour de ce sourire qui signifie qu'elle sait quelque chose que tous les autres ignorent.

[Trois hommes, une femme]

– Euh, Sev… Je veux dire, Monsieur ?

La voix aigrelette de Cyril se fraie un chemin jusqu'à l'intérieur de ma cervelle – laquelle, à l'heure actuelle, doit ressembler à un gros bol de moussaka.

La preuve : il me faut trois bonnes secondes pour comprendre que Schwarzie a failli appeler Stallone par son prénom. Lequel commence donc par « Sev ».

Ça m'avance bien.

– Cyril, BORDEL.

Stallone, après s'être arraché à mon regard, se tourne vers le petit homme. À voir la façon dont il se balance d'avant en arrière, on dirait qu'il se demande s'il va dépecer Schwarzie à mains nues ou le laisser s'en tirer *encore une fois.*

Finalement, il choisit une troisième option : il glousse.

Véridique.

Ce taré glousse comme un môme pris la main dans le pot de confiture !

Sourire en coin, il s'adresse à moi :

– Oui, bon, tu n'es pas stupide, minette, je suppose que tu as compris que « Cyril » n'est pas une lumière. S'il avait dit mon nom en entier, franchement, on aurait été encore plus embêtés qu'on ne l'est. Déjà que, je ne te le cache pas, je ne sais pas encore bien comment on va se sortir de ce merdier. On va trouver, on va trouver, mais...

Il soupire, indique Schwarzie avec le pouce :

– Parfois, je me demande pourquoi on s'esquinte la santé à s'occuper de types comme lui. La fraternité a ses limites... Ils ne nous attirent que des emmerdes ! Enfin, ça rapporte des sous, tu le sais bien... Ta petite enquête y faisait allusion, n'est-ce pas ? Les cours en ligne, les formations, c'est une source de revenus non négligeable pour les Gentlemen. Et on en a besoin pour grandir et étendre notre influence. Vous faites exactement la même chose, après tout.

Il n'y a aucun doute sur le sens de ce « Vous ».

« Vous. » « Vous *les femmes.* »

Mais pourquoi est-ce qu'il me raconte tout ça ? Plus il me parle, plus il me confie de choses, plus il se met en danger... À quoi ça rime ? Il est stupide ou quoi ?

S'il me laissait parler, au moins, je pourrais plaider ma cause. Je pourrais lui jurer que je ne vais rien révéler à la police, qu'on veut juste s'en tirer vivantes, Fleur et moi... Putain, je serais même prête à lui dire qu'on a « compris le message », si c'est ce qu'il veut. Que je n'irai plus jamais fouiner du côté des Gentlemen, que je vais rester à ma place.

Et le pire, c'est que je ne mentirais pas. Je n'ai rien d'une guerrière, moi. Je ne suis qu'une meuf vaguement douée pour écrire, et dont le rêve ultime est d'obtenir une chronique régulière sur un site d'information ou même peut-être, un jour, de terminer un roman. Une meuf faussement cynique qui balance des vannes à tout bout de champ pour camoufler ses complexes physiques et un amour mal assumé pour sa copine d'enfance. Je ne suis même pas originale !

Des comme moi, il y en a des tas.

Alors... Alors il devrait nous laisser partir, non ? C'est pas avec des filles dans mon genre qu'on changera le monde ou qu'on nuira à tous les clubs de Gentlemen qui existent. De toute façon, ils sont trop nombreux.

Oh bordel, j'ai peur. Je crois que je sais ce qui se passe dans la tête de ce type. Il n'a peut-être pas choisi de se trouver dans cette situation, il ne comptait sûrement pas organiser le rapt de deux pauvres meufs de vingt-cinq ans, mais maintenant qu'il y est...

Maintenant qu'il y est, je pense qu'il caresse l'idée d'aller jusqu'au bout. Parce que, au fond, derrière son costard et ses prétendues bonnes manières, c'est peut-être ça, son rêve ultime à lui. Aller *jusqu'au bout*, pour une fois. Sans se soucier des conséquences.

– Bon, qu'est-ce que tu voulais me dire, Cyril ?

Stallone est retourné voir Schwarzie. Celui-ci, tout recroquevillé, rassemble son courage pour répondre.

– Je voulais... Monsieur, je veux dire... Je voulais...

– Rhâââ !

Stallone fait mine de donner un grand coup de tête dans le vide. Il souffle bruyamment, puis il prend Bruce Willis à partie :

– Il est exaspérant, non ?

– Carrément, grogne Bruce, bras croisés.

Joignant les mains devant lui, Stallone embraie :

– On vous l'a expliqué cent fois en formation : *ferme*, la prise de parole. Arrête avec tes « je veux dire », « je voulais », gna gna gna ! De quoi tu veux me parler, bon sang ?

Là encore, c'est une comédie. Il n'est pas aussi excédé qu'il veut le faire paraître. Ce que je crois, c'est qu'il *s'échauffe*. Parce que, au fond de lui toujours, il meurt d'envie d'avoir une bonne raison d'user de violence. Il fait ce que font plein de mecs : il fait le clown en attendant le prétexte idéal pour tomber le masque. Et là, on rigolera moins.

Est-ce qu'on va mourir ici, Fleur et moi ? Est-ce que je vais mourir sans avoir revu Lotte – et sans lui avoir avoué que je l'aime ? Il faudrait qu'elle le sache... Oui, il faudrait au moins qu'elle le sache.

Péniblement, Schwarzie déglutit.

– L'autre, je crois qu'on devrait la laisser filer.

Il pointe Fleur d'un doigt tremblant.

– Elle, je veux dire...

Aussitôt, Stallone se crispe – Schwarzie s'empresse de poursuivre :

– Pardon, pardon ! Je veux d… Enfin, elle n'a rien fait, elle. Elle n'a rien fait contre nous. Elle n'a pas écrit d'articles ou quoi, c'est juste… juste une femme normale. C'est pasque je me suis trompé, vous voyez ? Quand elle est sortie, j'ai cru que c'était elle, enfin, l'autre, quoi… Je veux dire – enfin non, je ne veux pas dire, mais…

– Ta gueule, Cyril.

C'est là que Stallone vrille. Il le tient, son prétexte.

Des deux mains, il repousse le petit Schwarzie, qui tombe en poussant un couinement de belette. Et je peux voir, physiquement, à quel point Stallone se réjouit à l'idée de le cogner. Je peux presque palper le soulagement qu'il éprouve à lâcher enfin la bride à toute cette rage qu'il contient chaque jour, du matin au soir.

Il va cogner dur et fort. Il ne retiendra pas les coups. Il ne se souciera pas des conséquences, pour une fois.

Pour se mettre en train, il hurle. Un hurlement terrible, qui fuse hors de sa gorge comme un flot de lave. Puis il lève un genou, très haut – j'ai le temps de remarquer son soulier noir bien ciré et une chaussette bleu pétrole – et il écrase la gueule de Schwarzie sous sa semelle.

– Ah !

Malgré le latex, j'entends un bruit dégoûtant de chair qui éclate.

Stallone inspire, et recommence. Il lève un genou…

– NON ! supplie Schwarzie, à terre.

… et il frappe. Le bruit, visqueux, m'évoque des dents qui se déchaussent ou des pommettes qui se fendent.

– Pitié..., gémit Schwarzie.

Stallone lève le genou une troisième fois.

Au moment où le soulier s'élève, projetant une gerbe de sang sous sa semelle, je ferme les yeux de toutes mes forces. Mon ventre se serre au moment de l'impact, dont le bruit ignoble couvre le cri de Cyril.

Il faut arrêter ce dingue. Il faut que quelqu'un l'arrête! Je braque mon regard vers Bruce Willis dans l'espoir qu'il fasse quelque chose.

Mais le gorille reste immuable, bras croisés comme une putain de statue. Impossible de savoir ce qu'il pense, mais il ne s'opposera pas à son patron. Il le laissera aller jusqu'au bout.

– Arrêtez de faire ça, s'il vous plaît.

Je redresse la tête. Fleur s'est levée du canapé. Elle est venue se placer devant Stallone, et même si je peux deviner les efforts qu'elle fait pour tenir debout, sa détermination est magnifique. Pour la première fois depuis que je la connais, je vois Fleur pour ce qu'elle est, et a toujours été: une guerrière.

Elle est si belle, dans la lumière sordide de cette pièce. Elle rayonne tandis qu'elle s'interpose devant Stallone pour protéger le salopard qui nous a enlevées. Elle rayonne quand elle dit, d'une voix plus assurée:

– Laissez-le. Et laissez-nous partir, s'il vous plaît.

Dire «s'il vous plaît», c'est la moindre des choses. C'est une des phrases fétiches de Fleur, ça. Je la revois, ma Fleur, me disant ça. Et je revois toutes les Fleur de ma vie.

Fleur à six ans, me donnant son goûter pour me consoler d'avoir oublié le mien.

Fleur à seize ans, me complimentant sur la nouvelle robe que je venais d'acheter (je ressemblais pourtant à un sac à patates).

Fleur à vingt-cinq ans, lisant avec passion chaque ligne de mes piteux écrits et me comparant, sans le moindre complexe, à Joyce Carol Oates ou à Margaret Mitchell.

Les petites manies de Fleur. Ses conseils avisés, toujours bienveillants, souvent judicieux. L'infinie gentillesse de Fleur. Ses grimaces adorables, ses merveilleuses attentions. La tendresse folle qu'elle accorde à tant de gens qui n'en méritent pas une bribe. La dévotion de Fleur, pleine et absolue, pour tout ce qui n'est pas elle-même. Et la guerre secrète qu'elle menait, sans que je ne l'aie jamais compris, contre ce qui pour elle restait le vrai fléau de notre ère : l'indifférence.

C'est tout cela que je vois tandis qu'elle s'oppose à la violence dégoûtante de cet homme.

Et je la trouve si belle que je ne vois pas luire le couteau que Cyril a sorti de son blouson.

Comment est-ce que j'aurais pu ? Cet éclat est si terne, comparé à la lumière de Fleur.

Une lumière si pure qu'elle ne s'éteint pas quand Stallone bouscule mon amie ; ni quand elle tombe en arrière après s'être brièvement agrippée au revers de sa veste, qui se déchire dans le mouvement.

Ni quand Fleur s'empale sur la lame du couteau.

Même quand mon amie hurle à m'en déchirer les tympans, sa lumière ne s'éteint pas ; il faut, pour que la lumière vacille, que Fleur roule sur le côté et que le sang se déverse sur le sol, à grands flots, formant bientôt une large flaque sombre sous elle.

Cette fois, oui, sa lumière s'atténue. Toute sa lumière, aussi bien l'éclat qui nimbait ses cheveux blonds si doux, si légers, que la lueur qui animait son regard.

Pendant tout ce temps, je n'ai pas émis un son.

Et le silence qui m'entoure est infiniment obscur.

- 3 -
Un peu d'espoir pour les générations futures

– Enzo est une sorte de petit génie. Un hacker en herbe, nous explique Li en sonnant à la porte de l'appartement. Il est en quatrième, ça fait trois ans que je m'occupe de lui. Ses parents me l'ont confié parce qu'il avait des problèmes de comportement au collège, et il a fait de gros progrès, je crois. Il est même assez extraordinaire.

Écouter Li me demande un effort, comme toujours lorsqu'elle parle des enfants dont elle s'occupe. Ce n'est pas un sujet avec lequel je suis à l'aise.

L'immeuble dans lequel vit Enzo fait partie d'une barre HLM considérablement dégradée. Du couloir, nous entendons le bruit des voisins – c'est-à-dire le son de leurs télévisions – comme si nous étions chez eux.

La porte s'ouvre sur un adolescent que je qualifierais de *typique* (duvet, long nez, pommettes proéminentes, peau acnéique). Il est vêtu d'un pantalon de jogging sale et d'un tee-shirt blanc plutôt sale également.

– Hé, Li-Lamour ! Salut. Ben, venez, restez pas dehors.

Sa voix, ou plutôt cette façon douce qu'il a de la placer, contraste avec son allure relâchée. Cependant, je remarque ses gestes nerveux et le fait qu'il sautille sur place : c'est un garçon qui a du mal à rester en repos.

Après s'être essuyé le nez dans son épaule, il plonge les mains dans ses poches et fronce les narines.

– Suivez-moi. Mais pas de bruit, mon père dort.

– Ta mère est au boulot ? lui demande Li pendant que nous avançons dans un couloir encombré d'étagères elles-mêmes encombrées de bibelots.

Une odeur d'huile d'olive et de lessive nous escorte jusqu'à la chambre d'Enzo. Je remarque le poster « Jul » scotché de travers sur la porte.

– Vas-y, asseyez-vous, dit-il tout en se mettant à son bureau.

Je note que Li tique sur le « Vas-y », mais elle ne dit rien, car elle sait aussi bien que moi que chaque minute est précieuse.

Sur le bureau trône un ordinateur qui me paraît très performant, au vu des nombreuses tours dont il est composé, sans oublier trois écrans larges et visiblement neufs. Des claviers, des souris et des câbles courent autour de l'unité centrale.

C'est le coin le plus chargé de la pièce, le reste de la chambre est impeccablement rangé. Le seul endroit où nous pouvons nous asseoir étant le lit, nous nous serrons dessus en rang d'oignons, les unes à côté des autres, en plaçant nos bras entre nos genoux.

De son côté, Enzo pianote sur son clavier et nous

explique où il en est de ses recherches. Soudain, son débit s'accélère, concurrençant le rythme frénétique auquel il martèle les touches.

– Le temps que vous arriviez, j'ai cracké le site du collège. C'était pas hyper balaise : je te jure, les mecs, ils choisissent tous « Marianne » ou « République » comme mot de passe, c'est a-bu-sé. Ils...

– Enzo, articule Li d'une voix discrète mais ferme.

– Scuze, Li-Lamour. Bref, en accédant aux fiches de paie des employés de l'établissement, j'ai déniché un certain Cédric Lançon, qui est pion depuis près de quinze ans au collège Alexandre-Dumas. J'ai même déterré son CV. Autant vous dire qu'il a pas des masses de choix de carrière, si jamais il avait envie de changer de boulot. Là, mate la photo : ça colle, non ?

Il a parlé si rapidement, tout en faisant défiler une multitude de fenêtres sur son écran, que j'ai besoin de quelques secondes pour synthétiser les informations qu'il nous a délivrées. Puis je murmure :

– Tu as... localisé le suspect ?

À côté de moi, je vois Cass ouvrir une bouche ahurie.

Li, elle, a croisé les bras dans une posture que je qualifierais de *fière*.

– Je vous ai dit qu'il était extraordinaire.

Sur sa chaise de bureau, Enzo a une réaction étonnante. Il rougit. Oui, je vois distinctement ses joues se colorer, et sa bouche se tordre dans une grimace qui exprime sans aucun doute sa joie d'être (pour une fois ?) reconnu pour ses mérites, ainsi que sa gêne de se voir célébré en public. Et plus encore, je suppose, devant un public féminin.

Je considère mon hypothèse comme confirmée lorsque, Cass s'étant jetée sur le pauvre garçon pour le serrer dans ses bras, le sourire de ce dernier s'accentue.

– Bah, c'est rien, il marmonne, le visage écrasé entre les seins de Cass. Li m'a dit que c'était important, alors j'ai fait aussi vite que possible.

– T'es génial, bonhomme, lui dit Cass. Oublie jamais ça, d'acc ?

Enzo se mordille la lèvre supérieure, ce qui montre clairement qu'il est embarrassé par le compliment.

– Je te jure, tu m'aurais connu y a trois ans, t'aurais pas dit ça.

Cass tend le poing dans cette posture qui, chez elle, signifie : « Écoutez-moi, car je vais parler. »

– Eh ben, tu sais quoi ? Ça veut juste dire que t'as accompli un sacré taf en trois ans.

Enzo ne répond pas, mais je note qu'il jette un discret coup d'œil en direction de Li, laquelle fait mine de ne pas s'en rendre compte. Ensuite, sans doute pour créer une diversion, Enzo indique son écran.

– Ça, c'est le profil Facebook de votre gars. Il s'est inscrit sous son vrai nom et avec sa vraie date de naissance, ce con ! J'ai vérifié sur la fiche de paie, ça concorde. Il poste des vidéos de matchs de foot, du gaming, ce genre de truc. Un gros boloss.

Intriguée, Cass se penche sur l'écran.

– C'est pas sa photo, ça...

À nouveau, Enzo se mordille la lèvre supérieure. Un autre rougissement lui vient, dont la cause me semble différente de celle qui a suscité le précédent.

– Euh, non, c'est Rocco Siffredi. Une star du porno. Enfin, dans les années 80.

Il envoie un autre coup d'œil à Li.

– Enfin, je sais pas, hein.

Li répond d'un soupir exagérément tranquille, dans le but de le rassurer.

– Tout va bien, Enzo. On n'est pas là pour te juger. Et puis, tant que t'en es pas à mater du *pregnant porn*...

L'expression dégoûtée d'Enzo nous renseigne sur ce qu'il pense du *pregnant porn*. Il dit :

– Ben non, quand même... Faut un peu de respect, quoi.

Cass éclate de rire. Comme je ne m'y étais pas préparée, je sursaute – et je constate que Li et Enzo ont également sursauté, chacun à un bout de la pièce.

– Tu sais quoi, Enzo ? enchaîne Cass. La plupart des mecs qu'on fréquente sont pourris, au bout du compte. Mais quand je te vois, toi, je me dis qu'il y a peut-être un peu d'espoir pour les générations futures.

Sans laisser à Enzo le temps d'être à nouveau embarrassé par ce compliment, Cass poursuit :

– Il faut qu'on se tire, maintenant. On doit retrouver nos copines. Tu peux nous donner l'adresse de ce crevard ?

– Ouais, je vais trouver ça sur sa fiche de paie, répond Enzo, les joues écarlates, en pianotant sur son écran.

– Dépêche-toi, s'il te plaît.

J'ai dit ça à voix basse, afin de ne pas avoir l'air de lui témoigner de l'ingratitude. Seulement, le temps presse et nos chances de retrouver Sophia (Sophia et Fleur) s'amenuisent. Nos chances s'amenuisent. Nos chances s'amenuisent. Nos chances...

– Ah, j'y suis. Il habite à... Oh ben merde, heureusement que j'ai vérifié.

– De quoi ? demande Cass, serrant les poings.

– Il vient juste de déménager. J'ai checké sa toute dernière fiche de paie, pour être sûr : il a changé d'adresse le mois dernier. Trop bizarre ! Le mec a vécu dans une banlieue à perpète pendant des années, et là il s'installe en plein centre-ville...

– Où ça ? Où est-ce qu'il vit ? le presse Li.

– Attends, je t'envoie la géolocalisation... Là, c'est sur ton portable.

Li attrape son téléphone, fait défiler l'écran, puis relève vers nous un visage grimaçant.

– C'est juste à côté du Cosmo. Dans la ruelle...

– PUTAIN ! Cet enfoiré les a chopées quand elles sont sorties ! Elles sont là-bas depuis tout ce temps !

Je crois que si Cass n'avait pas pris les devants, nous nous serions effondrées. Mais il faut admettre que l'énergie qui l'anime est parfois communicative. En un clin d'œil, nous sommes toutes debout, prêtes à foncer, sur le pied de guerre.

Nous nous ruons dans le couloir, suivies d'Enzo qui clopine derrière nous en nous suppliant de ne pas faire trop de bruit, à cause de son père.

– J'ai commandé un Uber ! crie Li, portable en main.

Et elle ouvre la porte d'entrée.

– On va l'avoir, cet enfoiré, grogne Cass, poings serrés.

Au moment de sortir, elle tend le bras vers le range-parapluie coincé derrière la porte.

Elle en retire une batte de baseball et demande à Enzo :

– C'est à toi ?

– Euh, oui, mais je m'en sers jamais. Le sport, c'est pas...

– Tu me la prêtes ?

Enzo se contente de hocher la tête. À son expression sidérée, je dirais qu'il est *dépassé par les événements*. Cela ne me surprend pas, puisque, en dépit de ses facultés remarquables, il n'est encore qu'un très jeune adolescent.

En revanche, il me stupéfie littéralement lorsqu'il nous lance, d'un air déterminé :

– Vous avez besoin d'aide ?

Ces cinq mots (six en comptant l'apostrophe) nous frappent toutes en des endroits différents. Cass y répond par un sourire gigantesque ; Li se contente de poser une main affectueuse sur la joue de ce jeune garçon qu'elle aime beaucoup. Moi, je l'attrape par les oreilles et, sur le sommet de son front, je plante un baiser.

Je ne fais *jamais* ce genre de choses, habituellement.

Il semblerait que j'aie agi de façon tout à la fois spontanée, soudaine et irrationnelle.

Peut-être que je ne suis pas si étrange que je le pensais.

Peut-être que c'est plutôt le monde qui ne tourne pas toujours comme il devrait.

Peut-être...

– Euh... Lotte ?

Je lâche Enzo, m'apercevant enfin que je le tiens par les oreilles depuis précisément vingt-sept secondes.

Je me tourne vers Li et Cass, mes amies, et je dis :

– Désolée. L'émotion.

Comme ce mot me gêne autant que les compliments embarrassent Enzo, je me détourne d'elles.

– Merci Enzo, lui dit Li, mais on va se débrouiller. On te tient au courant !

Puis nous filons, parce que la voiture nous attend.

Parce que Sophia nous attend.

*

Au moment où la batte de Cass achève sa course vers la porte du local, Li paraît sortir de ce que j'appellerais *une torpeur*.

– On aurait dû appeler les flics...

Elle est interrompue par le « BLAM ! » métallique de la batte défonçant le verrou.

– Pas le temps, grogne Cass. Ouvre, enfoiré ! Ouvre !

La batte s'abat une nouvelle fois contre le verrou. « BLAM ! »

Et encore une fois. « BLAM ! »

Je regarde Cass et je me dis que son excuse ne tient pas debout. Le temps, nous l'avions.

Mais nous ne l'avons pas fait. Li n'y a pas pensé, parce qu'elle avait épuisé toute l'énergie mentale qu'il lui restait et se laissait porter par la fougue de Cass. Je ne l'ai pas fait parce que, au fond, je n'ai confiance en personne – en dehors de nous trois – pour retrouver Sophia.

Enfin, pour comprendre pourquoi Cass ne l'a pas fait, il suffit de voir sa batte rebondir contre la porte. Cass veut se bagarrer. Sophia m'a expliqué une fois que ce besoin d'en découdre avait des origines profondes, chez elle. Que la « passion du sport » n'avait rien à voir avec tous les cours de boxe et de krav maga qu'elle a suivis de façon terriblement assidue. C'était plutôt, selon Sophia, une question de survie.

– Tu vois, m'avait-elle dit, Li ne s'est jamais remise du départ de son père, mais je crois que Cass aurait nettement préféré que le sien se tire le plus loin possible...

Sophia avait baissé la voix pour conclure :

– Je me demande pourquoi toutes les décisions qu'on prend, et même les plus belles victoires qu'on remporte, finissent toujours par nous ramener, d'une façon ou d'une autre, à ce que nous ont infligé nos pères...

Je n'avais pas insisté. Ce n'est pas que j'étais en désaccord avec elle : je ne savais simplement pas quoi répondre. Le père de Sophia est un homme sévère dont elle n'a jamais cessé de chercher (sans succès) l'approbation. Celui de Fleur, d'après les quelques fois où je l'ai rencontré, m'a paru tranquillement indolent, sans grand relief et pas très impliqué dans l'éducation de sa fille.

Le mien, de père, m'a toujours traitée « comme une princesse ». J'entoure le mot de guillemets car l'expression est de lui. C'est ce qu'il disait à ses amis quand il leur parlait de moi. « Je la traite comme une princesse. » Systématiquement. Je ne suis pas certaine, cependant, qu'il m'ait jamais comprise. Ou aimée.

Peut-être que c'est cela qui nous relie, toutes les cinq : nous aurions toutes eu besoin d'être mieux comprises pour ce que nous étions, et aimées pour ce que nous allions devenir.

– OK, je vais pouvoir enfoncer la porte.

Avant que nous ayons le temps – ou l'idée – de protester, Cass prend son élan et envoie un formidable coup d'épaule dans la porte.

La porte tremble sur ses gonds, mais ne cède pas.

Cass se masse l'épaule.

Elle reprend son souffle, examine les gonds qui se sont tordus sous l'impact.

Elle sourit.

– Je vais l'avoir.

Et elle se rue à nouveau contre la porte, avec une vigueur que je qualifierais de *phénoménale*.

« CRAC ! »

La porte s'ouvre.

Je cours droit devant moi, dans le noir, en criant *Sophia Sophia Sophia Sophia Sophia Sophia Sophia,* sept fois, dans ma tête.

***

Je me jette à genoux près du corps qui gît par terre.

Sophia gît par terre. Ma Sophia gît...

– Sophia ! je crie. Sophia ! Sophia !

Au même instant, je sens deux choses. Une chaleur poisseuse sur mes genoux, qui m'indique que je patauge dans une flaque. Des boucles douces entre mes doigts, qui me disent que ces cheveux-là ne sont pas ceux de Sophia.

La lumière s'allume dans mon dos à la seconde exacte où je déclare :

– Ce n'est pas Sophia.

Et le visage de Fleur, que je tiens serré dans mes mains, m'apparaît. Livide.

[Deux hommes, une femme]

Je ne m'en étais pas rendu compte, mais pendant tout ce temps, pendant que Fleur tombait, roulait sur le côté, agonisait sous mes yeux, je hurlais dans mon bâillon.

Je hurlais quand Stallone a repoussé le corps de mon amie comme si c'était un machin encombrant, et quand il s'est mis à genoux sur Cyril pour le rouer de coups de poing. Je hurlais en recevant des giclées de sang au visage.

Et je hurlais encore quand Bruce Willis a enfin fait mine d'arrêter son patron en pleine folie meurtrière.

Mon hurlement ne s'est interrompu qu'au moment où ce même Bruce Willis, aussi efficace dans l'action qu'inapte à la conversation, m'a envoyé une manchette au menton.

En voyant le sol foncer vers moi, j'avoue avoir surtout ressenti du soulagement.

*

Clignement de paupières.

Griffure du béton froid contre ma joue.

Clignement de paupières.

Je n'ai plus mes lunettes.

Dans le brouillard de myope où je m'enlise, Stallone m'apparaît comme un géant ; sa tête se perd loin dans les hauteurs que je discerne mal. Il gesticule et braille des ordres à Bruce Willis, qui acquiesce tout en traînant Schwarzie par les pieds.

Schwarzie a du sang séché tout autour de la bouche.

J'essaie de les suivre du regard, ma joue ripe contre le béton à mesure que je relève la tête, mais je ne peux pas aller plus loin : je suis toujours ligotée à ma chaise.

Ligotée et mise à terre.

Juste à hauteur d'yeux, je distingue le corps immobile de Fleur. Je ne peux pas voir son visage, ni savoir si elle respire ; la flaque de sang obstrue une grande partie de mon champ de vision. Elle s'élargit de seconde en seconde.

Clignement de paupières.

Je replonge dans un trou noir qui se teinte d'écarlate.

*

Clignement de paupières.

Ma joue ne touche plus le béton.

On me porte. Ma tête ballotte sur l'épaule de celui qui me trimballe.

Comme un sac à patates, je pense.

Clignement de paupières. C'est Bruce Willis qui se charge du transport : je vois Stallone, en arrière-plan, qui fait les cent pas, les mains aux tempes. Il a l'air affolé.

Je sombre une nouvelle fois, avec une bizarre envie de rire qui me chatouille les cordes vocales au point que ça en devient irritant. Comme quand Papa…

*

Clignement de paupières.

Il me faut une dizaine de secondes pour comprendre que j'ai les yeux ouverts, car je me suis éveillée dans l'obscurité.

Il me faut une autre dizaine de secondes pour comprendre que je ne me trouve pas dans une pièce, que ce soit un salon ou autre chose, mais dans une caisse, ou une boîte.

Une caisse qui bouge... qui... tressaute ?

Je sais où je suis : à l'intérieur du coffre d'une voiture.

Lotte... Mon amour... Il serait vraiment temps de me retrouver, là, sinon comment veux-tu que je t'avoue que je t'aime ?

Parce que je t'aime, figure-toi...

Allez, grouille !

La bizarre envie de rire me reprend mais, comme il me veut du bien, mon cerveau disjoncte à nouveau pour m'emmener très loin.

Dans l'ailleurs où j'ai l'habitude de me réfugier.

*

– Bonjour bonjour, la Belle au bois dormant !

Clignement de paupières.

Un visage me fait face, noyé dans mon brouillard de myope. D'instinct, je sens que mon cerveau ne me sauvera plus en prenant la tangente. Le moment du répit est terminé.

Mes yeux piquent, parce que cette fois, je m'éveille en pleine lumière.

Je les plisse pour percer le brouillard. Le visage s'éloigne.

*

Clignement de paupières.

Pleine lumière, les lignes et les formes se précisent peu à peu. Je suis dans un salon : aucun doute là-dessus. Un salon trois fois plus grand, à lui seul, que mon studio, éclairé par des lampes ultra-design et meublé comme ces appartements d'instagrameuses déco dont on scrolle les photos pendant des heures. Un salon à couper le souffle.

*

Clignement de paupières.

Je lève les mains devant moi, ce qui me permet de constater que je ne suis plus ligotée à une chaise. J'ai « seulement » les poignets scotchés l'un à l'autre, avec du gaffer noir. C'est douloureux, mais moins inconfortable.

Je suis sur un canapé. Un canapé qui, très clairement, ne pourrait même pas entrer dans mon studio. Je repense à cette scène culte de *Friends*, où Ross essaie de faire passer un canapé de la taille d'un minibus dans l'escalier de son immeuble. *Pivot ! Pivot !*

Mon cerveau cogne dans mes tempes.

*

Clignement de paupières.

Le visage revient.

– Allez allez, on se réveille.

Il ne porte plus son masque, mais je le reconnais immédiatement : c'est Stallone. Son costume de trader est déchiré au col, sa poche revolver arrachée, il est tout décoiffé et surtout, ses joues sont maculées de sang. Ça lui fait une tête de fou furieux. Un fou furieux dont les traits m'évoquent vaguement Jim Carrey. À moins que ce ne soit Steve Carell ? Je les confonds tout le temps.

On va dire, Jim-Steve. Un Jim-Steve qui aurait forcé sur l'autobronzant.

Derrière Jim-Steve, je repère Bruce Willis. Lui aussi s'est débarrassé de son masque, mais sa silhouette colossale est très identifiable. Il a le crâne rasé et mon cerveau, qui vibre encore de cette bizarre envie de rire, me chuchote que le gars ressemble *vraiment* à Bruce Willis. En fait, c'est quasiment son sosie !

C'est un peu drôle, il faut avouer. Puisqu'il lui ressemble déjà à ce point, pourquoi est-ce qu'il s'est emmerdé à mettre un masque ?!

Derrière Jim-Steve, donc, Bruce-Bruce est agenouillé sur le parquet en bois massif. Il souffle comme un bœuf, et je me rends compte qu'il est en train de galérer à fourrer quelque chose dans un sac poubelle.

Mais à cet instant, mon pauvre cerveau – qui commence enfin à se libérer de cette bizarre envie de rire – comprend que ce n'est pas quelque chose que Bruce-Bruce est occupé à fourrer dans un sac. *C'est quelqu'un.*

Avant que Bruce-Bruce ait fini de nouer la ficelle, grognant et râlant (de fait, ces machins n'ont rien de pratique), j'ai le temps de voir un visage dépasser du sac. La longue mèche de cheveux gras et la petite moustache.

Le visage d'un type qui n'arrêtait pas de répéter qu'il n'avait rien contre les femmes.

Un mot sort de ma gorge :

– Fleur ?...

Je comprends, tandis que le son de ma propre voix me cingle les oreilles, qu'on m'a ôté mon bâillon. Puis je secoue la tête, retombant nez à nez avec Jim-Steve, toujours penché au-dessus de moi.

Il chuchote :

– La situation nous a un peu échappé. J'ai vraiment fait tout ce que j'ai pu pour éviter le drame, je t'assure ! C'était compliqué, et puis, on n'a pas eu de chance. Mais alors, pas de chance du tout ! On...

– Fleur ? je répète.

Il tord la bouche dans une grimace de petit garçon.

– Ton amie... Je crois qu'elle est morte.

- 4 -
Quelque chose dans le sang

– Je crois qu'elle respire.

Avec mes mains, je palpe le visage de Fleur. Je traque un signe de vie. Mes doigts pétrissent ses joues pâles. Les chiffonnent. Les pincent. Mes yeux courent sur son front et ses paupières closes. Sa bouche ouverte.

Aucun mouvement. Pas de vie apparente. Mais je crois qu'elle respire.

Ce n'est pas Sophia, c'est Fleur. Je ne veux pas que Fleur meure. Je crois qu'elle respire.

– Oui… Tu as raison.

Li s'est agenouillée à côté de moi. Je ne m'en étais pas aperçue. Elle a posé ses mains sur les miennes pour me forcer à les éloigner du visage de Fleur. Je serrais trop fort. Je ne m'en étais pas aperçue.

– Elle respire, confirme Li en me regardant.

Elle me regarde d'une façon que je qualifierais de *soucieuse*. Je comprends : elle redoute que je ne sois sur le point de « craquer » nerveusement. Sa crainte me semble fondée.

Elle tend la main vers mon visage. Je m'apprête à lui dire que c'est sur le visage de Fleur qu'il faut chercher des signes de vie, mais à cet instant, ses doigts touchent mes joues.

Mes joues sont trempées de larmes. Je ne m'en étais pas aperçue non plus. Je ne me rends plus compte de rien.

Du bout des doigts, Li essuie mes larmes.

– Ça va aller, Lotte. Elle respire. On va s'en sortir.

Elle a pour moi cette attention. Et moi, apparemment, je pleure pour une personne qui n'est pas Sophia. Je pleure parce qu'il n'y a pas de signe de vie sur son visage, bien que je croie – et Li me donne raison – qu'elle respire.

Je pleure pour Fleur. Je pleure pour une amie. Mes joues sont trempées de larmes. Peut-être bien que c'est le monde – pas moi – qui ne tourne pas toujours comme il devrait, et peut-être même qu'on va s'en sortir.

– J'ai appelé le SAMU, dit Cass en nous rejoignant. Ils envoient une ambulance… Putain, faites qu'elle arrive à temps !

Sur cette prière, elle s'écroule à côté de nous.

Nous sommes assises dans ce que j'identifie comme étant une mare de sang. Nos pantalons s'imbibent de rouge tandis que nous nous regroupons autour de Fleur qui, c'est désormais indubitable, respire.

Le silence dure un peu plus d'une minute.

Jusqu'à ce que Li prenne ma main droite dans la sienne en poussant un soupir de ce que je pense être un mélange de tristesse et d'effroi.

Ce geste m'apaise d'une façon que je ne saurais qualifier. Ma main gauche, sans que je ne lui aie rien demandé, attrape alors la main droite de Cass. Ensuite, je vois la main gauche de Cass se poser sur le visage de Fleur. Le contraste entre la puissante main mate de Cass et les joues de Fleur, si pâles, plus fines que du papier, est saisissant.

Ce sont mes amies. Mes amies, différentes et formidables. Je ne veux pas qu'elles meurent, ni qu'elles soient blessées. Et je veux qu'on retrouve Sophia, parce que je dois lui dire ce que j'ai à lui dire depuis si longtemps.

Nous allons retrouver Sophia, où qu'elle soit. Nous allons nous en sortir. Et ensuite, je crois que je voudrais essayer de commencer à vivre autrement que comme une statue, une elfe ou une princesse.

Parce qu'il me semble que j'en ai le droit.

Je ne sais pas si c'est à cause de cette dernière pensée, mais une intuition vient brusquement me frapper la tempe droite. Léger éblouissement.

Sans réfléchir, je dis :

– Cass.

Elle relève vers moi son visage dur. Dur et beau. Je constate que ses joues, à elle aussi, sont sillonnées de larmes.

– Oui ?

– Il faut que tu appelles Marius.

Son visage dur et beau affiche une grimace qui exprime l'incompréhension.

– Quoi ?

– S'il n'est pas de garde ce soir, Marius sera là plus rapidement que l'ambulance. Votre appartement est juste à côté, et ce quartier est un véritable labyrinthe d'impasses et de rues piétonnes.

– Il… Il n'est pas de garde ce soir.

Elle peine à rassembler ses pensées. Je l'aide, parce que les minutes sont plus précieuses que jamais :

– Dis-lui de venir. Il saura quoi faire pour aider Fleur en attendant l'arrivée de l'ambulance.

Elle finit par acquiescer. Pourtant, son corps ne parvient pas encore à enclencher le mouvement, à cause du mélange de tristesse et d'effroi qui l'entrave elle aussi.

– Appelle Marius, bordel !

Ce n'est pas moi qui ai crié ces mots. Je ne crie pas pour ce genre de raison. Pas encore, du moins. C'est Li qui, elle, n'hésite jamais à donner de la voix lorsqu'elle estime qu'il est nécessaire de le faire.

De sa main libre, elle palpe le cou de Fleur.

– Je sens presque rien…

– J'y vais ! s'écrie Cass, enfin réveillée.

Avec cette énergie tonitruante que je lui envie parfois, Cass se lève d'un bond et fonce vers son téléphone.

*

– Heureusement que vous m'avez appelé.

J'avais vu juste : Marius est arrivé en moins de cinq minutes ; or, nous a-t-il dit, chaque seconde gagnée sur le temps que mettra l'ambulance à venir sera cruciale.

Lorsqu'il est entré, Cass l'a serré dans ses bras. Elle lui a chuchoté un « merci » qui, je crois, voulait exprimer non seulement sa gratitude, mais peut-être aussi la tendresse qu'il lui inspirait. Puis elle l'a embrassé du bout des lèvres, d'un baiser rapide et cependant très doux.

Peut-être qu'elle a tenté, par ce geste, de lui montrer à nouveau son vrai visage ? Peut-être que, pour Marius, elle est désormais prête à le faire. Un tel courage m'impressionne considérablement.

Après le baiser, Marius s'est mis au travail.

Les mains de Marius ne sont jamais immobiles lorsqu'il soigne. Son regard est fixe, et même ses lèvres remuent à peine. Mais ses mains, elles, ne sont jamais immobiles. Il s'affaire sur le corps de Fleur.

Sophia m'a dit un jour que Marius détestait son métier, qui le rendait « marteau ». À voir les mains de Marius agir si vite, sans qu'il semble en avoir conscience, je ne suis pas certaine que Sophia ait vu juste. La plupart du temps, d'ailleurs, les hypothèses de Sophia sur les gens sont légèrement erronées. Ce qui ne les empêche pas d'être belles, et parfois pertinentes.

Sophia... où es-tu, mon amour ? Je t'aime, Sophia. Je t'aime. Je veux te voir afin de te dire ces mots-là, à la seconde où je t'aurai retrouvée et où j'aurai constaté que tu es indemne. *Saine et sauve*. Où es-tu ?

Pendant que Marius s'occupe de Fleur, je repense à ce qu'elle disait à son propos, au début de la soirée. « Marius, on dira ce qu'on veut, c'est un mec bien. » Des paroles typiques de Fleur, qui ne peut s'empêcher de chercher le bien dans chaque chose et en chaque personne. Même quand il semble n'y en avoir aucune trace.

Le grand atout de Fleur dans la vie, je crois, est justement de parvenir à dénicher le bien dans les endroits dont il paraît tout à fait absent. C'est ce qui lui vaut d'être tant aimée par ses amies Sophia, Li, Cass – et moi.

Je veux aider Fleur. Alors, au lieu de me contenter d'attendre, j'emploie mes yeux à agir comme le font les mains de Marius.

À chacun son talent. Moi, je sais observer et analyser. J'ignore si cela peut nous sauver, mais c'est ce que je sais faire. Or la priorité est de trouver la piste de Sophia.

J'observe donc. Tous ces cartons qui n'ont pas été ouverts. La petite commode dont l'un des pieds a été rafistolé. Une lampe de chevet posée à même le sol. La vaisselle sale empilée dans l'évier. Les murs tapissés de posters issus de magazines pornographiques. Le canapé. Le lit de camp. Les plaques électriques. La chaise renversée. L'enrouleur de câble. Et les téléphones portables de Fleur et de Sophia.

Les hommes qui détenaient Fleur et Sophia ici – je suis quasiment certaine qu'ils étaient plusieurs, et absolument certaine que c'étaient des hommes – sont partis en toute hâte : ils n'ont pas pensé à emporter les téléphones de leurs proies.

Au sol, il y a des bouts de corde tranchés. Et les lunettes de Sophia. Je pense que la corde servait à ligoter Sophia à la chaise. Mes mains ramassent ses lunettes, les replient délicatement et les rangent dans la poche intérieure de mon manteau. Mes yeux continuent d'observer.

À quelques pas de la chaise renversée, il y a le corps de Fleur, sur lequel Marius s'affaire, et la flaque de sang qui commence à sécher. Marius a parlé d'une blessure au couteau ; il a pris un soin particulier à désinfecter la plaie.

À côté du corps de Fleur, je note d'autres éclaboussures. Je ne crois pas que ce soit le sang de Fleur, puisque son visage ne présente pas de plaie.

Plusieurs cartons ont été renversés. Ce qui semble indiquer qu'il y a eu à cet endroit une scène de lutte. Ce qui semble confirmer mon hypothèse d'un groupe de plusieurs agresseurs.

Sophia !

Ne pas y penser. Pas tout de suite. Je force mes yeux à continuer d'agir.

J'observe.

Et soudain, en bordure de la flaque, je remarque un élément nouveau. C'est un morceau de tissu. Il a été arraché. Peut-être par Fleur, juste avant qu'elle ne tombe à terre. Ou quand elle est tombée à terre.

Sans doute par Fleur. Sans doute quand elle est tombée à terre.

J'inspecte le morceau de tissu. C'est de la soie, de couleur gris anthracite. Le morceau a été arraché d'une veste (sans doute assez coûteuse), par Fleur.

Je me concentre sur la flaque de sang. Elle n'est pas parfaitement lisse. À cause des aspérités du sol, qui font dedans comme des grumeaux... mais aussi à cause d'autre chose.

Oui.

Il y a quelque chose dans le sang.

Je me mets à quatre pattes.

– Lotte, qu'est-ce que tu fous ?

Je ne réponds pas. Cela n'aurait pas d'utilité, puisqu'il suffit de me regarder pour comprendre ce que je fais : je veux prendre quelque chose qui se trouve dans la flaque de sang.

Du bout des doigts, je touche ce quelque chose, révélant sa forme rectangulaire.

C'est une carte de visite. Elle se confondait presque entièrement avec la flaque où elle a trempé depuis un long moment, de sorte qu'elle adhère au sol. Je l'ai repérée par chance, grâce au coin qui rebiquait légèrement hors de la flaque.

Avec mes ongles, je décolle la carte de visite. J'ai les doigts poisseux. La carte est détrempée et semble avoir été teinte en rouge.

Toutefois, on peut y deviner un nom. *Séverin Floriniers.*

– Lotte ? Qu'est-ce qui se passe ?

La voix de Li s'abat sur moi. Mais mon cerveau n'est pas en mesure d'assimiler les paroles qu'elle a prononcées. Depuis combien de temps suis-je partie ailleurs, la carte détrempée entre mes doigts poisseux ?

Les mots *Séverin Floriniers* résonnent dans ma tête. *Séverin Floriniers. Séverin Floriniers. Séverin Floriniers.*

Ils prennent toute la place. *Séverin Floriniers Séverin Floriniers Séverin Floriniers.* Ils me détraquent de l'intérieur.

– Lotte, réponds !

Je tourne la tête vers Li, afin de lui montrer que je l'ai entendue.

– Tu as trouvé quelque chose ?

– J'ai trouvé quelque chose ?

J'ai répondu n'importe quoi. Par réflexe, j'ai employé la technique de la question-riposte, alors qu'elle n'était absolument pas appropriée à la situation. Les mots *Séverin Floriniers* continuent de résonner dans ma tête, de plus en plus fort, je ne parviens plus à me concentrer.

– Euh… Lotte ?

Li s'inquiète. Je vois alors Cass nous rejoindre ; son expression faciale témoigne, elle aussi, d'une certaine inquiétude.

Derrière elles, Marius m'envoie un regard que je qualifierais de *perplexe.*

Je ferme les yeux pour donner à mon cerveau le temps de se ressaisir.

Aussitôt, c'est l'image de Séverin Floriniers qui jaillit.

Je le vois le jour de mon embauche au cabinet. Une main dans la poche de son pantalon, l'autre posée avec nonchalance sur le bureau où je venais de m'installer. J'étais occupée à ranger mes classeurs par ordre de couleur, ce qui est à la fois une méthode de rangement pratique et, me semble-t-il, une coquetterie à laquelle je tiens.

– Bienvenue chez nous, « consœur » ! m'a-t-il dit dans un grand sourire.

Un très grand sourire, même. Je trouvais qu'il souriait trop. Pas comme Fleur qui sourit tout le temps mais dont le sourire n'inspire pas chez moi la méfiance, puisque c'est un sourire absolument sincère.

Le sourire de Séverin Floriniers n'était pas sincère. Dès ce premier jour, j'ai deviné qu'il valait mieux l'éviter. Et dès ce premier jour, j'ai deviné que ce ne serait hélas pas possible.

*

Flash.

– On se fait une bouffe ? Si ça te dit, je connais un petit boui-boui très rigolo, à deux pas. Un asiat'. On y mange pas mal, mais c'est surtout le spectacle qui vaut le détour.

Il m'a dit ça un soir, trois semaines et deux jours après mon entrée dans le cabinet. Nous étions restés tard pour travailler sur un dossier, il était 22h47 et je voulais rentrer chez moi. J'ai refusé. J'ai remarqué que son sourire, qui lui avait servi à feindre la gentillesse le jour de notre rencontre, lui a permis cette fois de camoufler – *in extremis* – sa colère. En refusant son invitation, je l'avais bel et bien mis en colère.

*

Flash.

– Hé, princesse, tu passes à ma fête, ce soir ! Y aura tout le monde. Ce serait la moindre des politesses que de nous honorer de ta présence, au moins une fois…

Il m'a expliqué qu'il avait organisé une réception parce que le cabinet venait, grâce à lui, de décrocher un gros contrat. Cela faisait sept mois et une semaine que je travaillais au cabinet, et c'était sa trente-quatrième invitation. Elles avaient pris des formes aussi diverses que variées : déjeuner d'affaires, apéritif tardif, café matinal, pot de départ d'un collaborateur. Je les avais toutes refusées.

Derrière le sourire, cette fois-là, j'ai deviné un élément nouveau. L'usage de la menace. Séverin était déjà bien implanté dans notre cabinet, mais tout récemment, il avait gravi un échelon supplémentaire. Il était de toute façon mon supérieur hiérarchique, mais à présent, il avait l'oreille de notre directeur. J'ai compris qu'il pourrait me faire licencier sans trop de difficultés si je ne « l'honorais pas de ma présence » à cette réception. Je n'avais aucune envie d'être licenciée.

J'ai dit :

– C'est d'accord, je passerai.

*

Flash.

À la réception, il y avait une quinzaine de collaborateurs. Douze hommes et trois femmes. J'ai bu un cocktail et discuté avec plusieurs personnes, puis, ayant calculé que j'étais restée suffisamment longtemps pour que mon départ ne soit pas remarqué par les autres invités, j'ai remercié Séverin pour son accueil.

Il était 23h13, et à l'instant où j'allais sortir, il m'a rattrapée sur le pas de la porte. Il m'a dit :

– Toi, t'es vraiment pas marrante.

Il ne souriait pas.

– Lotte, bordel !

Une main me broie l'épaule et je sais donc que c'est Cass qui essaie de me faire revenir à moi. Si je l'ai reconnue aussi rapidement, c'est que mon cerveau est à nouveau fonctionnel : il a pleinement profité du cycle de « routage » que je lui ai accordé.

Je lève le visage vers Cass, et je lui adresse un sourire. Mon plus beau sourire. L'expression *interloquée* de Cass m'indique que ma réaction ne lui semble pas adaptée. Je peux la comprendre.

– Euh, ça va, Lotte ?

Au ton *inquiet* de sa voix, je devine que Li pense que je suis encore en état de choc.

Elle a tort : au contraire, je suis de retour. Prête à l'action.

Mon sourire n'était certes pas une réaction appropriée, compte tenu du contexte dans lequel il est apparu, mais ce sourire m'est venu pour une raison précise et parfaitement légitime : je sais où se trouve Sophia.

[Cinq femmes]

– On n'a pas eu de bol, dans cette histoire. Non, mais faut bien l'admettre, cocotte ! Le moins qu'on puisse dire, c'est qu'on a eu tout sauf le cul bordé de nouilles !

Le cul bordé de nouilles. J'ai toujours trouvé cette expression gerbante. L'image de ces gens ravis à l'idée d'avoir les fesses plongées dans une marmite de nouilles en train de bouillir... Sérieux, celui qui a inventé ça n'était pas bien dans sa tête. Et ceux qui l'emploient, à mon humble avis, ne se portent pas beaucoup mieux.

Pour Jim-Steve, ça ne fait aucun doute. Sans son masque, il apparaît pour ce qu'il est véritablement : un pauvre taré sans relief, qui dissimule ses angoisses et ses pulsions aussi violentes que banales derrière une attitude de coq en costard. Le masque tombé, il n'est plus que panique, idiotie et folie douce.

– Pas de bol du tout !

J'ajoute qu'il manque cruellement de conversation. Tout en le regardant faire les cent pas devant moi, les ongles plantés dans les cheveux et les yeux roulant comme des billes dans son visage grimaçant, je m'efforce de faire le point.

Premier constat : mon cerveau est en meilleure forme. Je reprends le contrôle, je sens mes forces me revenir, avec ma lucidité et mon envie de combattre. C'est peut-être le fait de percevoir la peur chez mon agresseur qui me restitue cette énergie, comme par un système de vases communicants.

Parce que, c'est mon deuxième constat, il ne fait aucun doute que Jim-Steve a peur. Il crève de trouille. Dans le local de Schwarzie, ligotée à ma chaise, ce constat m'aurait peut-être encore plus terrifiée – un homme qui a peur est un homme qui va attaquer –, mais ici, dans la lumière clinquante de cet appartement hyper luxueux, il produit l'effet inverse. La peur de mon agresseur est une brèche à travers laquelle je peux m'engouffrer... dès que j'en trouverai l'occasion.

Troisième constat : cette occasion risque de m'échapper si j'attends trop. Or pour l'instant, elle existe : Jim-Steve et moi sommes seuls dans l'appartement, Bruce Willis est allé vider « les ordures ». Des ordures du genre moustachu.

– Tu te rends compte ? Ce con nous fait une attaque cardiaque !

Jim-Steve s'arrête. Son front ruisselle de sueur.

– Qu'est-ce que je pouvais en savoir, moi, qu'il avait des problèmes de cœur ?

Il se masse la nuque, mais je pense que c'est plus pour occuper ses mains qu'autre chose. Il pédale dans la semoule.

À moi de lui enfoncer la tête dedans.

– Il voulait aller chercher ses médicaments.

Jim-Steve tique, comme s'il avait été piqué par un insecte.

– Hein ?

– Votre Cyril, quel que soit son vrai nom. Il voulait aller chercher des médicaments. Je suppose que c'était pour son cœur.

– Oh. Ça explique...

– *Taisez-vous !*

Il se fige, stupéfié par mon audace. Trop stupéfié pour oser m'interrompre.

– Arrêtez de vous mentir, au moins ! Ça n'explique rien du tout, qu'il ait eu besoin de prendre des médicaments. Si on en est là, ce n'est pas à cause des problèmes cardiaques de « Cyril » : c'est à cause de votre lâcheté.

– Ma... ma l...

Le mot le fait rougir de colère. Parfait. C'était le but. Maintenant que je le tiens, je ne le lâche plus :

– Oui. Vous auriez pu tout arranger, et au lieu de ça, vous n'avez fait que brasser de l'air jusqu'au moment où les choses ont fini par déraper. Vous vous prenez pour un chef ? Vous ne valez pas mieux que ce débile de Cyril. Vous êtes le seul responsable de ce qui est arrivé, à lui et à Fleur.

Le nom de Fleur sur mes lèvres éveille en moi l'image de son visage si doux, si pur, qui ne sourira jamais plus – aussitôt me vient l'horrible chatouille dans la gorge, et avec elle les larmes qui affluent.

Mais je ferme le robinet. Je pleurerai plus tard. Une fois que je me serai tirée de là.

En attendant, il faut continuer ; le distraire, trouver la faille.

– Votre Cyril, c'était juste un pauvre type. Il n'aurait jamais fait ce qu'il a fait sans vos « tutos » ignobles… ignobles et criminels. D'ailleurs, c'est ce que vous êtes : un criminel. Et quoi qu'il advienne de moi, je vous garantis que vous allez finir en taule. C'est une certitude absolue.

Sans m'en rendre compte, je me suis redressée. Pas entièrement, parce que mes jambes sont encore faibles, mais j'ai relevé la tête, puis le buste. Comme il essaie de fuir mon regard, je tends devant moi mes mains nouées l'une à l'autre.

– Libérez-moi. Libérez-moi tout de suite. Vous ne voyez pas ce qui va se passer, sinon ? Vous avez laissé des empreintes partout. Et les flics feront forcément le rapprochement entre Cyril et votre club dégueulasse. Vous ne pouvez pas vous en sortir.

C'est ce que je me répète pour tenir. *Vous ne pouvez pas vous en sortir. Vous ne pouvez pas vous en sortir.* Moi, je peux.

– Je…

Cette fois, je parviens à me redresser. Ça tourne un peu, mais je peux tenir. Je peux tenir. Je vais m'en sortir.

Maintenant : je sors.

– Maintenant, je sors, OK ? Je m'en vais, et vous n'allez pas essayer de m'en empêcher parce que vous savez que ça ne servirait à rien. Ça ne ferait qu'empirer les choses.

Il ne réagit pas. Ses yeux fixent le vide. Je me demande s'il n'a pas picolé ou pris de la came, pendant que j'étais dans le coaltar. Au fond du salon, je vois une cuisine américaine et, sur le bar, plusieurs bouteilles d'alcool.

C'est une possibilité. Je m'en fiche, en fait. Ce qui compte, c'est qu'il ne m'oppose aucune résistance.

Li m'a parlé de ça, une fois, à propos de ses p'tits moutards. L'un d'eux - Achille ou Hector, je ne sais plus, mais je suis quasi sûre qu'il portait le nom d'un héros de *L'Iliade* - avait de grosses difficultés à s'endormir. Les parents s'arrachaient les cheveux, jusqu'à l'arrivée de Li. Elle avait usé d'une technique de son invention.

– Ça peut s'apparenter à de l'hypnose, elle m'avait dit.

Et puis elle avait fait une grimace comique, les yeux exorbités et la bouche ricanante, genre *L'Exorciste,* avant de développer son propos :

– Le concept, c'est d'*imposer l'évidence* à l'enfant. De le ramener à cette idée toute simple, mais qui s'est éloignée de lui à cause de sa peur du noir, selon laquelle la nuit est faite pour dormir. Notre premier réflexe, c'est de câliner l'enfant pour le rassurer, et en général, au bout de quelques nuits blanches, le deuxième réflexe consiste à se mettre en colère. Mais la violence ne résout rien.

– Tiens donc ! j'avais répondu.

Je me souviens qu'elle avait eu un joli sourire finaud, très subtil.

– Rigole. Mais que cela ne t'empêche pas de déguster la leçon de sagesse que je vais te prodiguer sur-le-champ : ce qui fonctionne, face à la peur, ce n'est pas la violence –

et ce n'est pas non plus la tendresse, même si ça peut aider l'enfant à l'affronter.

– Alors, qu'est-ce qui fonctionne, Confucius ?

– OK, super, une vanne raciste…

– Déso, ça m'a échappé. Alors ?

– Ce qui fonctionne, ma vieille, c'est la *confiance*. Il faut avoir une confiance absolue en soi-même – n'avoir aucun doute sur le fait qu'on va réussir à aider l'enfant à s'endormir – et en l'enfant. S'il perçoit cette confiance absolue chez l'adulte, alors l'évidence s'imposera à lui, et il n'aura plus peur. Il s'apaisera.

Je fais encore un pas, puis deux. Jim-Steve ne fait rien pour m'arrêter. Alors je traverse le salon d'un pas plus rapide jusqu'à la porte d'entrée.

Bordel, il fait des kilomètres, ce salon. Mais je vais y arriver.

J'y suis.

Au moment où ma main se pose sur la poignée, et tandis que je fais l'impossible pour calmer les battements de mon cœur devenu fou, je jette un regard par-dessus mon épaule. Avec ses genoux en dedans et son regard hébété, Jim-Steve a effectivement l'air d'un enfant. Un enfant perverti, monstrueux, comme un de ces animaux habillés en humains qu'on voit parfois sur les réseaux sociaux.

– Je sors.

J'ouvre la porte.

Mais au lieu du couloir, je tombe nez à nez avec Bruce Willis. Bras croisés, il grogne :

– Carrément pas.

*

– C'est là. Au septième étage.

– Tu es sûre ?

Sous sa frange noire, Li me sonde du regard. J'acquiesce, puis j'ajoute :

– Oui. Il y a deux portes à franchir, protégées par des codes d'entrée. Le premier code, c'est A589C ; je doute qu'il ait changé.

– Sérieux ?

– Bien sûr.

– Et… le deuxième ?

Je m'en souviens également :

– 33C41.

Cass s'écrie :

– Putain, t'es pas croyable !

Et je souris, parce que c'est indubitable. Je suis « pas croyable ».

Li compose le premier code.

– Allez, feu.

*

En une mandale, Bruce Willis me fout à terre.

J'ai le réflexe – absurde – de protéger mes lunettes, à cause de toutes ces histoires qu'on entend sur des myopes qui ont perdu un œil dans une bagarre d'écoliers, et puis je me rappelle, au moment où je percute le parquet, que je n'ai plus mes lunettes, et que ça n'a rien d'une bagarre d'écoliers.

Ce type va me tuer à mains nues.

Pas parce qu'il suit à la lettre un plan machiavélique visant à rendre aux hommes la suprématie incontestée qui leur est due. Non. Il va me tuer simplement parce que son boss a perdu les pédales et que tout ce qu'il sait faire, lui, c'est cogner.

Il m'envoie un coup de pied dans les côtes.

Je hurle.

Il m'écrase la hanche sous son talon.

Je hurle à m'en faire saigner la trachée.

Il grogne. Il ne dit rien, il ne m'insulte pas, il ne pousse pas de cri de satisfaction ou de victoire. Il grogne, comme un animal brutal et stupide.

Derrière lui, j'entends Jim-Steve pleurnicher.

– Attends... Bruno... On peut pas...

Bruno ne répond pas. Il grogne encore, et il me décoche un coup de pied qui me soulève littéralement de terre. Quand je retombe, mon crâne cogne le sol avec un bruit sourd. Je supplie mon cerveau de bien vouloir prendre la tangente, pour m'épargner la souffrance à venir, mais ce n'est pas pour tout de suite.

– Bruno... Une seconde, on doit... Tu ne crois pas qu'on pourrait...

Les coups se multiplient, secs, puissants. À chaque impact – sur mon ventre, ma hanche, ma cuisse, mon crâne, mes côtes –, je vois une fleur rouge éclore devant mes yeux et mourir aussitôt, avalée par les ténèbres. Une fleur rouge... *Fleur* ?

Merci, mon Dieu : je sombre enfin. Je vais mourir, mais au moins je ne sentirai plus qu'on me frappe. Je vais mourir et je ne sentirai plus qu'on me...

Le sol explose juste à côté de ma tempe gauche.

On ne me frappe plus.

Mes oreilles bourdonnent si fort qu'il me faut un moment avant de comprendre que quelqu'un est entré.

Ce quelqu'un a assommé Bruno – il s'est effondré et gît au sol, juste à côté de ma tempe gauche.

Péniblement, mes yeux de myope clignent et refont le point. Bruno est inconscient ; un long filet de sang coule du haut de son crâne.

– Putain, Seize !

Il me faut un effort immense pour me mettre sur le dos. Mes côtes hurlent au moment où je me tourne, mais je tiens le choc et j'y parviens, parce que je sais que ça vaudra le coup. Et dans le brouillard rouge, je distingue une géante loin, très loin, là-haut. C'est Cass, qui tient une batte de baseball à deux mains.

Il me faut un ultime effort pour lui dire :

– T'as fait un... *homme run.*

Je tiens le choc, parce que cette réplique était beaucoup trop drôle pour que je la laisse passer.

Et puis je vois mes amies voler à mon secours, courir en gueulant jusqu'à moi, faire revenir les lumières. Me sortir de là.

*

Jim-Steve, qui s'appelle apparemment Séverin Floriniers – il y a sûrement mille vannes à faire sur ce nom, mais je n'en ai vraiment plus la force – n'a même pas essayé de s'opposer à nous. Il est resté prostré au bar de sa cuisine américaine, à s'enfiler des verres de whisky à la chaîne pendant que Li appelait la police et que Cass ligotait Bruno.

Et pendant que Lotte s'occupait de moi.

Ce que je vais dire peut paraître de très mauvais goût, mais je me demande si je ne suis pas prête à me faire séquestrer plus souvent en échange de ce plaisir inespéré : voir Lotte s'occuper de moi.

La voir me tendre mes lunettes, et mettre du baume sur mes plaies, et me couver d'un regard inquiet.

En tout cas, je serais prête à souffrir beaucoup pour voir ça plus souvent.

Je crois qu'il s'est passé beaucoup de choses, durant cette nuit d'angoisse, dans le cœur et dans la tête de la fille que j'aime. C'est sûrement pour ça qu'elle me regarde avec ce sourire qui ne retombe jamais. Un sourire que je trouve, pour tout avouer, légèrement flippant.

Cependant, vu qu'il s'est aussi passé beaucoup de choses dans ma tête et dans mon cœur - à commencer par le fait d'assumer que j'aime Lotte depuis toujours -, je décide que c'est tout simplement sa façon à elle de me montrer qu'elle m'aime aussi.

Parce qu'elle m'aime. Elle ne me l'a pas encore dit, mais je le sais. Je peux le constater sans aucune difficulté, en étant simplement attentive à ses gestes doux et patients, à son regard posé sur moi, qui ne feint plus d'éviter le mien.

Et de mon côté, je peux la contempler sans redouter qu'elle surprenne la lueur constamment ébahie qui éclaire mon regard en sa présence.

Je t'aime, Lotte.

Cette fois, on est prêtes à le vivre, cet amour qui nous lie depuis toujours.

Épilogue

Nous nous sommes glissées en silence dans la chambre d'hôpital où notre pâquerette repose – où notre Fleur guérit.

À son chevet, il y avait José, assis au bord du lit. Il lui parlait sans la quitter des yeux, et il tenait sa petite main blanche entre les siennes, dans un geste d'amoureux transi. Ce qu'il lui disait, je ne l'ai pas entendu. Ça ne concerne qu'eux.

Il m'a seulement semblé qu'il bégayait moins que d'habitude.

Dès qu'il s'est aperçu de notre présence, José s'est retiré avec un regard d'excuse.

Comme s'il était de trop. Et cette fois-là, en effet, il était de trop : nous avions besoin de nous rassembler, entre rescapées du drame, entre vétéranes de la violence.

Entre Amazones.

Li s'est avancée la première jusqu'au lit, avec sa vivacité coutumière. Cass l'a suivie de son pas de char d'assaut, qu'elle essayait de rendre un peu moins bruyant, avec un succès tout relatif. Lotte les a rejointes ensuite en affichant ce bizarre sourire figé qui semble être le fruit d'une nouvelle résolution personnelle. Il faudra que je lui dise que l'effet obtenu n'est pas tout à fait celui qu'elle escompte.

On aura bien le temps ; il y aura mille occasions pour ça.

Puisqu'on est à nouveau réunies.

Enfin, je les ai rejointes au chevet de Fleur. Et au moment où je me suis assise à leurs côtés, j'ai revu cette soirée d'adolescence où nous avions consolé notre amie dans la salle de bains, pendant qu'elle pleurait toutes les larmes de son corps à cause d'un garçon qui n'en valait même pas la peine.

Je ne l'ai jamais avoué à personne, mais c'est lors de cette soirée d'adolescence que j'ai décidé de garder secret mon propre amour caché, par peur de souffrir comme Fleur avait l'air de souffrir. C'est bête, hein ? Et pourtant, c'est la vérité. Je ne voulais pas ces larmes-là, de ce chagrin si visible et obscène. Si dégradant.

Je ne voulais pas, *en aucun cas*, être dégradée ; alors je m'étais dit, ce soir-là, que je serais celle qui console, et jamais celle que l'on plaint. Celle qui ricane, celle qui triomphe, celle qui virevolte au milieu des affligés, des passionnés. Puissante, rieuse, unique en son genre, émergeant de la foule triviale des fragiles éplorés.

Comme j'avais tort !

Je le vois bien, maintenant.Consolez-moi, prenez soin de moi, dites-moi que vous m'aimez !

J'accepte tout de bon cœur, avec reconnaissance.

Aimez-moi, mes amies, recouvrez-moi d'amour : cet amour, promis, juré, je vous le rendrai au centuple !

Pendant que je délirais dans mon coin – je plaide l'état de choc –, Fleur nous observait avec un air de sagesse tout à fait irrésistible. Plus que jamais, on aurait dit une petite mémé, une de ces vieilles femmes pétries de savoir qui, dans les contes et légendes, détiennent la vérité du monde et hésitent à la révéler aux enfants, parce qu'elles savent qu'il faut les laisser grandir encore un peu avant de gâcher leurs rêves d'insouciance.

On s'est pris les mains, toutes les cinq. À présent, on pouvait l'entendre, la vérité de Fleur. On se sentait bien assez grandes.

éditions la ville brûle - n°125
Édition : Marianne Zuzula
Couverture : Anna Wanda Gogusey (wandalovesyou.com)
Achevé d'imprimer en janvier 2024 sur les presses
de l'imprimerie Laballery (France).
N° d'impression : 312388
Dépôt légal : mars 2024